SHANGHAI LITERATURE & ART PUBLISHING GROUP

故事会
精品系列

较量故事

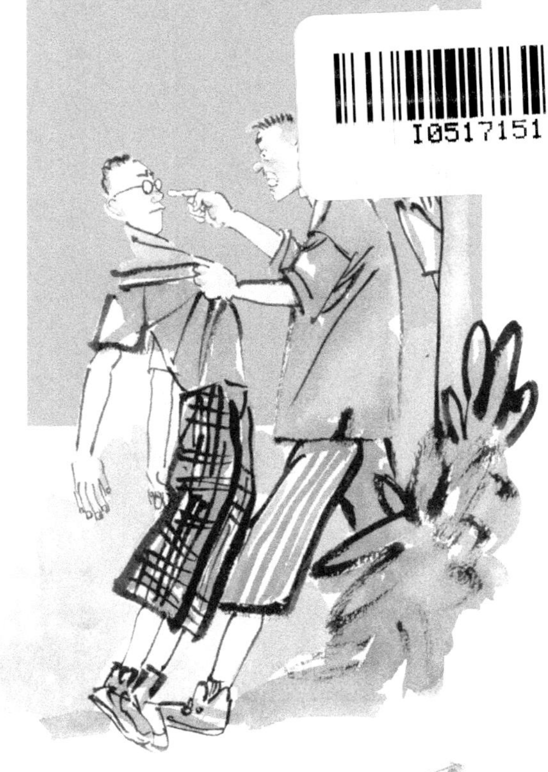

上海锦绣文章出版社
上海故事会文化传媒有限公司

上海文艺出版（集团）有限公司

图书在版编目（CIP）数据

较量故事 《故事会》编辑部编 - 上海：上海锦绣文章出版社
（故事会精品系列） ISBN 978-7-5452-1020-0

Ⅰ．①较… Ⅱ．①故… Ⅲ．①故事 作品集 中国 当代 Ⅳ．I247.8

中国版本图书馆 CIP 数据核字（2011）第 207687 号

丛 书 名：故事会精品系列

书　　名：较量故事

主　　编：何承伟

编　　委：何承伟　吴　伦　姚自豪　夏一鸣

责任编辑：刘迎曦　鲍　放

装帧设计：王　伟

责任督印：张　凯

出　　　　版：　上海锦绣文章出版社

　　　　　　　上海故事会文化传媒有限公司

POD 海外发行：　中国图书进出口上海公司

　　　　　　　电话：021-36357888

　　　　　　　传真：021-36357896

　　　　　　　地址：上海市虹口区广中路 88 号

　　　　　　　邮编：200083

目　　录

是非相争

生死对峙

以柔克刚

强弱难分

谁主沉浮

是 非 相 争

在对与错之间,横亘着一片灰色地带,黑白是非混淆不清,只有聪明人才能分辨孰正孰邪……

巧解"招贤帖"

　　江南有一个叫钱洪的米商,极有钱,却又极吝啬,而且还经常欺行霸市,在当地恶名很盛。钱洪人长得奇丑,却有七个长相标致的老婆,七个老婆先后给他生了八个儿子,一个女儿。儿子们长得都像母亲,长大后都相继成了家,只要一谈到儿子,钱洪的橘皮脸就会笑得开出花来。

　　可若是提到那个女儿,钱洪脸上就笑不出来了。为啥?钱洪的女儿叫钱百斤,长得和钱洪活脱脱一个模样:大饼脸,绿豆眼,蒜头鼻,还有一脸令人厌恶的麻豆豆。至于身材,那就更别提了,上下一般圆鼓鼓,再美妙的罗绡轻纱,穿在她身上就像是给灯上了罩子一般。更要命的是,这个百斤还傻,都二十八了,大字还不识一个,所以一直都没嫁出去。

钱洪为这事儿急得直跳脚,这天他把八个儿子召回家来一起想办法。俗话说得好,三个臭皮匠,还能顶个诸葛亮呢!父子九个一聚头,你一言、我一语,终于想出了个一箭双雕的办法。

第二天,钱洪让人在城门口贴了个"招贤帖",上写:现寻教书先生一人,教小女识文断字,一年为限。只要小女学会一二,即赏一千两;如若不成,则以一两之财相送。

一时间,招贤贴前聚满了看热闹的人。一千两银子,那可不是个小数目啊,虽听说钱百斤傻,大字不识一个,但是重赏之下必有勇夫,想跃跃欲试的人还真不少。

最后,是东城根颇有些名气的教书先生李伯东揭下了告示。

钱洪细细打量这个年轻的教书先生,笑眯眯地让大儿子给李伯东递上契约。李伯东一看,契约上所写内容与贴在城门口招贤帖上的相同,就在上面签了字,画了押。

一年很快就过去了,李伯东用尽浑身解数,总算教会百斤写一、二、三了。契约上不是说,只要百斤学得一二,即赏一千两银子吗?所以李伯东心里很开心,他郑重地向钱洪递上辞呈,并当场让百斤写下"一、二、三"。

钱洪眯着眼,对李伯东说:"既然先生决定要走,那我就不强人所难了,按契约赏一千两,还望先生笑纳。"说着,就把百斤推到李伯东面前。

钱洪的那几个儿子马上朝李伯东拱手相贺:"恭喜妹夫!"

李伯东一愣,惊问道:"不是说……赏一千两吗?"

钱洪笑眯眯道:"没错啊,一千两等于百斤,赏一千两,就是赏给你我这宝贝女儿百斤啊!"

李伯东顿时如遭一记闷棍:"啊?"看着站在一旁傻呆呆满脸墨迹的百斤,他忽然明白过来了,颤声叫道,"你们……你们怎么能这么解字呢?我……我要告你们去!"

钱洪依然挂着一脸的微笑,说:"要告,你就告去吧!"

　　李伯东怎么咽得下这口气,愤愤不平地立刻去县衙击鼓鸣冤。可是县太爷早已被钱洪买通,李伯东最终非但没有打赢官司,还被重罚二十闷棍,并被勒令完婚。

　　李伯东气得一口气上不来,当晚就吐血而亡。

　　钱洪虽然没能把傻女儿嫁出去,但也省了一笔学费,于是李伯东一死,他又去城门口贴了一张招贤帖,来了个故伎重演。

　　虽说赏金可观,可这回大家都清楚了钱洪玩的鬼把戏,谁也不想娶百斤这样的女人做老婆,所以一连三天,这张招贤帖根本无人理睬。钱洪看在眼里,却也不急。为啥?他心里打的算盘是:就算本地人不理,能骗个进出城门的外地人来也好啊。

　　果然,到了第四天头上,有一位自称李仲西的外地教书先生揭下了这张帖。众人见了议论纷纷,都说这个李仲西是想钱想疯了,要娶百斤,还不如到河里随便抓只癞蛤蟆做老婆。几个好心人还特意拉住李仲西,要给他解释,可李仲西却充耳不闻,硬是径直去了钱家。

　　钱洪见李仲西自己上门,长得又相貌堂堂,心中不由大喜,他递上契约,让李仲西看过后,双方签字画押。

　　可谁知,春去冬来,又一年过去后,李仲西却向钱洪提出辞呈,说自己无能,教不会百斤小姐。钱洪大感意外,他本想欺李仲西是外地人,不明就里,哪怕只教会百斤一个字,就把这个傻女儿的包袱推给他,谁知李仲西居然连一个字也没教会她。无奈之下,钱洪只得拿出一两银子,让李仲西走人。

　　可李仲西不愿意了:"为何钱老板私自毁约?"

　　钱洪愣住了:"契约上写得明明白白,'如若不成,则以一两之财相送'。我现在给你一两银子,有何不对?"

　　李仲西一字一顿道:"既然你这么说,那我就告你去!"

　　钱洪心想:我还怕你个外乡书生不成?他朝李仲西一撇嘴:"那你就告去试试!"

第二天,李仲西真就去了衙门。

县太爷仍然是那个县太爷,早被钱洪收买了。升堂时,堂下挤满了来看热闹的百姓,只见县太爷在堂上正襟危坐,一拍惊堂木喝道:"李仲西,你状告钱洪钱老板,可有凭证?"

"有!"李仲西大声回答。

钱洪却在一旁抢先道:"契约上写'如若不成,则以一两之财相送'。而今他只字未教,我给他一两银子,有何不对?"

李仲西说:"那我请教钱老板,一两等于几钱?"

钱洪脱口就答:"一两等于十钱,这个小孩都知道。"

李仲西笑了:"那再请问,钱老板家中,姓钱者几人?"

"我有八儿一女,加我共十人。"

"这就对了,以一两之财相送,就是以十钱之财相送,就是你姓钱的全家之财,这可是在契约上写得明明白白的。"

钱洪听得急了:"胡说!你怎么能如此解字?"

李仲西不慌不忙地转向县太爷,说:"如果不能这么解,那么一年之前的李伯东案又作何解?"

县太爷猛一惊,心说:"今天这案子可不好断,如果判钱洪无罪,那不就等于承认自己以前办了冤假错案?众目睽睽之下自己若是出尔反尔,头上的乌纱帽可就戴不住了。"

看着堂下百姓齐刷刷盯着自己,县太爷当然要自保,于是一拍惊堂木喝道:"大胆钱洪,限你三日内将全家之财按约送与李仲西!"钱洪一听,腿骨顿时就软了。

堂下响起一片叫好声!可是谁也不知道,这个李仲西其实就是李伯东的弟弟。退堂之后,他悄悄来到城外一座坟前,拔起坟上的新草,哭着喊道:"哥,我替你报仇了……"

(徐甜甜)

(题图:黄全昌)

保险柜里的蚊子

　　八月的一天，市公安局刑侦支队接到报告，说昨天夜里市中心商业大厦发生一起特大盗窃案，财务室的保险柜被打开，一百二十万元巨款不翼而飞。案情十分严重，队长命令侦破组刑警毕剑和鲁华立即赶赴现场。

　　此时，现场已被封锁，几个技术民警正在进行现场勘查。毕剑和鲁华赶到后，分局刑警大队长老杨立刻迎了上来，对他俩说："这小子有两把刷子，活做得很干净。"

　　毕剑和鲁华心里清楚：这案犯能让老杨承认有两把刷子，功夫一定不同凡响。两人不由同时惊道："莫非他是个神偷？"

　　老杨习惯性地摸摸下巴，点点头说："差不多吧，我们已经对现场做了勘查。财务室位于这幢大厦的第十二层，据管理大厦的物业经理介绍,他们在大厦每一层都安排了保安,十二层当然不会例外。既然有保安值班,这小子还能打开财务室两道防盗门,而且保险柜的密码和自动报警装置也没有把他难住,动作敏捷,手脚利落,没留下任何蛛丝马迹。我们初步进行了排查,分析内部人员作案可能性不大……这小子肯定是个老手,开锁手段厉害得很。"

毕剑和鲁华听老杨这么一说,不由怀疑:"杨队,这事儿会不会是李四干的?"

李四原名李思源,因在家排行老四,又称"李四",他自幼习武,练得一身好轻功,脑瓜子好使,手脚也利落。小时候,他妈一次出门忘带钥匙,李四就学着大人的样子,用一截铁丝捅锁眼,三捅两捅还真让他给捅开了,从此就对各种锁具发生了兴趣,几年后竟没有他打不开的锁。有了这手绝活儿,李四的手就痒了起来,后来慢慢走上了邪道,而且因为功夫好、手段高,道上的狐朋狗友还送了他一个"燕子李四"的绰号,意思是夸他和传说中的燕子李三不相上下。

可常在河边走,哪有不湿鞋的?李四很快便成了公安局的"座上客",在局子里挂了号。不过这小子贼精,他给自己规定,每次作案最多只偷一万,被公安局逮到了认栽,逮不到那就赚了,所以他尽管两次被劳教,可服刑的时间都不算长。

李四肚子里的弯弯绕很快就被警方识破了,但他这手开锁的神功还是大大惊动了办案民警,所以现在一听老杨介绍案情,毕剑和鲁华很自然地就把李四联系上了。

可是老杨却有些犹疑:"若真是这小子,他怎么现在一下子胃口变得这么大了?他现在就不怕这一百二十万卡了他的脖子?"

毕剑若有所思道:"人是会变的,何况外面的世界这么浮躁。"他给老杨建议说,"杨队,如果我没记错,这家伙就住在古北三巷 6 号楼 406 室,我们是不是去把他'请'到局里来谈谈?同时也通知交巡警在全市布控,要真不是他,别的案犯也跑不了。"

"我看可以!"老杨立即安排人员去"请"李四。

可出人意料的是,当民警赶去李四家时,李四正悠悠地坐在楼前的柳树下看两个邻居下棋,看到警察来找,他拍拍屁股就主动站了起来。

下棋的人开玩笑说:"怎么,你又要'进宫'去了?"

李四眯着眼笑笑,不火也不恼,说:"我不也就是去报个到嘛,过会儿就回来继续看你们下棋。"说罢,他也不用警察说什么,就跟着他们上车来到局里,走进了询问室。

毕剑和鲁华此时正默默坐在里面抽烟,看到李四进来,两人就像没看到一样,一言不发。李四也是老油条了,见他们不开口,就自己乖乖地在椅子上坐了下来,一脸无辜的样子。

过了一会儿,毕剑突然将手里的烟往烟灰缸里一摁,朝李四发问道:"知道今天为什么请你来吗?"

"不知道啊,我咋知道呢。"李四满脸堆笑。

"你是不到黄河不死心啊!"毕剑又点上一支烟,对鲁华说:"先给他作个笔录。"

鲁华问李四:"你叫什么名字?"

"我叫李思源,男,汉族,42 岁,现住古北三巷 6 号楼 406 室,小学文化。我父亲叫李大根……"李四嘴里吐出一连串词儿来,如背家谱。

鲁华朝他一瞪眼:"少啰唆,我问什么,你回答什么。"

"是是是!"李四满脸堆笑地应道。

"我问你,昨晚你干什么去了?"

"昨晚?昨晚我先是在楼下和邻居喝茶歇凉,后来就回家看电视,再后来就睡觉了。"

"看的什么电视?"

"《大宋提刑官》。"

"什么内容?"

"呵呵,一个县官,姓什么我忘了,他刑讯逼供,屈打成招,被宋慈给收监了……"李四说到"收监了"时,眯着眼瞥了鲁华一眼,似乎鲁华就是那个刑讯逼供的县官。

毕剑没有开口,他知道对付像李四这样的老油条,这么简单的问题肯定难不住他,他只是在一边静静地听,想从中找出破绽,从而揪住这条老狐狸狡猾的尾巴……

就在这么一来一去的问答中,夜渐渐深了,李四开始不停地瞅墙上的钟。此时尽管是午夜,可天还是很热,远处传来几声闷雷,看样子快下雨了,李四终于在再一次看了墙上的钟之后,对毕剑和鲁华笑道:"大哥,都快夜里一点了,天快下雨了,我阳台上还晾着衣服,你们要是没什么事,我是不是可以回去了?"

回去?毕剑皱了皱眉,他知道,在没有抓到有力证据的情况下,他们只能放人。但他暂时没有理会李四,而是轻轻对鲁华说了声:"你看着点,我出去一下。"随后就起身向门外走去。

毕剑凭一个老刑警的直觉认定,李四现在这种有恃无恐的样子,正好说明他有很深的作案嫌疑。但如果是他作的案,那他就肯定是有备而来的,如何下手来进一步破这个案子呢?毕剑在询问室门外踱起了方步。

外面的天气同样很闷热,只见一群群蚊子在门廊灯下起劲地飞舞着,大概是闻到毕剑身上的汗味,都"嗡嗡"地飞了过来。有只蚊子一飞到毕剑的脸上,就立刻伸出吸管猛吸起来,毕剑眼疾手快轻轻一挠,把它挠到了手里。看着这家伙只一会儿工夫就吃得滚圆的肚皮,毕剑眼前突然一亮,他用指甲轻轻一点,蚊子的肚皮就破了,流出鲜红的血来……

两个小时后,毕剑精神抖擞地走进讯问室,望一眼墙上的钟,又冷冷地看着李四,一开口,声音里充满了威严:"李思源,你还没想好吗?我们原本希望你能老老实实交代,给你一个坦白从宽的机会,可惜你死不悔改!难道一定要我把你的罪证拿出来吗?"

"罪证?我……我没有罪啊!"李四眨眨眼睛,声调中似乎充满了委屈。说实话,他根本不相信毕剑出去一趟,就能找到他什么罪证来。

毕剑于是冷笑一声:"嘿,我看你这是不见棺材不落泪!"他两只眼睛直逼李四,"如果我没有记错,你李思源第一次被我们抓获,是因为在现场留下了指纹;第二次被抓获,是因为在现场留下了脚印。这一次,你自以为干得天衣无缝,没有留下任何痕迹,可惜啊,百密一疏,你还是防不胜防,还是在现场留下了罪证!"

李四一听毕剑这话,似乎有些吃惊,但他还硬不肯认输:"毕……毕警官,我不知道……你这话……这话是什么意思?"

毕剑不知什么时候手里已经戴上了白手套,他把一个塑料袋拿到李四面前,说:"你看一看,这里面是什么!"

李四睁大眼睛一看,塑料袋里是一只死蚊子,肚皮已经破了,流出一团黑红的血。

"这……这跟我……有什么关系?"李四嗫嚅着,眼睛里充满了疑惑。

"这就是你留在现场的罪证!"毕剑厉声道,"通过 DNA 鉴定,我们已经证实,这只蚊子肚子里流出的血,和以往对你做过的 DNA 样本完全吻合。而这只蚊子,就是我们在财务室的保险柜里发现的!现在,你是不是该解释一下,你的血为什么会留在那只保险柜里了?"

说到这里,毕剑轻蔑地笑了:"你不会告诉我们,是蚊子吸了你的血,又飞过财务室两道防盗门,钻到密不透风的保险柜去的吧?"

"这不可能!"李四似乎受了天大的冤枉,声嘶力竭地大叫起来。

"不可能?"毕剑不容李四喘息,步步紧逼道,"当你一心一意打开财务室保险柜的防盗门时,这只蚊子却把你当成了猎物,它飞到你脸上,美美地吸了一肚子血。只是当时你被保险柜里大把的钞票迷住了眼,并不在意它的攻击,可你的手却下意识地做出了反应,抬手拍死了它。死蚊子留在你手上,你没注意;又因为急于把保险柜里的钞票搬出来,你手里的这只蚊子被碰落在了保险柜的门上,而你也没有注意……这就正好给我们破案留下了有力的证据!"

李四简直听得目瞪口呆,心里狠狠诅咒着这只该死的蚊子。他万万没有想到,自己策划了多日的行动,却被一只死蚊子给咬砸了。唉,怪只怪自己太贪婪,没有牢牢把握一次最多只偷一万的原则。现在足足有一百二十万,自己会被判多少年啊!

李四崩溃了,不得不承认案子是他做的,并且交代,他得手后,就把所有的钱都藏到了财务室旁边那个办公室的天花板上,打算等事件平息后再伺机去取。

第二天,老杨在听鲁华详细介绍了破案经过后,他给毕剑打电话说:"毕剑,你这家伙太棒了!我已经把在现场勘查的那几个小子臭骂了一顿。哎呀,他们也太不仔细了,保险柜里那么大一只蚊子,怎么就没发现呢?"

"什么呀!"毕剑笑了,"杨队,你这不也是在损我吗?我开始也没注意呀,还是后来在询问室外面被蚊子咬了,才突然打开思路,重新跑回去找的。不过话说回来,杨队,那蚊子吸了我不少血,你得好好请我吃一顿,让我把损失给补回来哪!"

(于永军)

(题图:谭海彦)

狼入虎口

花果镇风景优美,宛如世外桃源,自从开发成旅游区后,附近不少村民来镇上开餐馆或是店铺,把个小镇搞得热热闹闹的。可谁知好景不长,没过多久这生意就做不下去了,原来有个混混叫戴二,他哥哥是镇上的副镇长,戴二仗着副镇长哥哥的势力,成天领着一帮人到各家酒馆或店铺去白吃白喝,强拿硬要。时间一长,大家见到戴二的影子就怕,不少店主心灰意冷,索性关了店门,卷起铺盖回家种地去了。

这时候,却有一个叫朱贵的,反倒张张扬扬地到镇上办起酒店来,而且气派还不小。说起来,这个朱贵也是本地村民,几年来一直在南方打工,苦打苦拼攒下不少钱,可不知为啥,他偏要这个时候回来顶风开店。

"朱记酒店"就这么热热闹闹开张了！

可谁知，刚放了一挂鞭炮，戴二就领着两个小混混来了。

戴二瞅着朱贵说："你在外面发了财，这回是来镇上摆阔了？"

朱贵朝戴二拱拱手，说："托你的洪福！这几年我在外面确实还混得不错，不过老哥，你是花果镇上的镇山虎，我回来开店，以后还全靠老哥你多多照应呢！"说完，朱贵斟了满满一杯酒给戴二，"我先敬老哥一杯！老哥以后有什么困难尽管开口，多的不敢讲，万儿八千的我还拿得出来。"

朱贵这几句话一说，戴二的一张冷脸就放了下来。朱贵接着一连给他敬了三杯酒，伙计们又紧着给他上好酒好菜，不一会儿，戴二就被灌得云天雾地，"咕咚"一声从座上滚下来，直挺挺地躺倒在了地上。

朱贵于是喊道："戴兄弟醉过去了，赶快叫车，送医院！"

戴二随行的一个小混混说："他喝醉是常有的事，躺一会儿就好了。"

朱贵直摇头："你咋能这么说话呢？老哥若有个三长两短，谁担当得起？你快叫他婆娘过来！"

朱贵这么一说，小混混只得打电话，戴二老婆于是就慌慌张张地赶过来，朱贵立刻叫了辆面的，让戴二老婆一起陪着，飞也似的把戴二送往镇医院。

说起这镇医院，在花果镇上名气着实不小，近来镇上就流传着一首"两怕"的民谣："一怕戴二进店，二怕有病入院"。"一怕"自不用再说了，这"二怕"嘛，指的就是去镇医院！

镇医院新近调来一个女院长，据说来头不小，她家里谁谁谁在乡里当着什么什么，谁谁谁在县里当着什么什么。打她上任以后，去镇医院看病的医药费就猛往上涨，医生给病家把脉，简直就像是把手直接伸进了人家的钱包。

话说这会儿戴二被送进医院,医生们立刻抢着来把他拉进急诊室。

朱贵悄悄拿出一个封好了的红纸包,递给戴二老婆说:"如今看病都讲究送红包,你把这个送给主治医生,也算咱的一点心意!"说完,他说店里活儿忙,就先赶回去了。

戴二老婆于是就趁旁人不注意的时候,赶紧把朱贵给的红包悄悄塞进了主治医生的口袋。那主治医生当时只装作没看见,过后就迫不及待地偷偷打开看。这不看还好,一看他肺都气炸了,原来红包里装的竟是一沓冥钱,这不是在咒他死要钱吗?

主治医生眼珠一转,心里有了主意,便去向女院长报告:"好消息,院长,今天来了个有钱的!"

女院长一听,很激动,赶紧指示:"那咱就来个'瞎子打婆娘——抓住就莫放'!"

于是全院上下紧急行动起来,给戴二查血验尿,拍片照光,差不多全院设备都运转了一遍,一圈折腾下来,光检查费就将近六千块。

紧接着,主治医生又阴阴地对戴二老婆说:"病因不明,必须留院观察。"

于是,戴二不由分说就被推进了一等病房,天天吊针输液,隔三差五地又从头到脚复查一次。

戴二本来只是喝多了酒,酒醒后屁事也没有,见医生们这样一遍一遍地检查,还真以为自己是个人物,医院不敢怠慢他呢!

过了一月有余,老婆对戴二说:"你老哥要过生日了,催你回家给他管事呢!"

戴二这才说:"那就走吧。"

收拾了行李,戴二和老婆就往外走,值班护士拦住说:"你还没结账呢!"

戴二奇怪地瞪她一眼:"结账?结什么账?"

值班护士说："医疗费、住院费总要结清的吧？一共是三万三千八。"

"什么?"戴二一听，两只眼睛红得要出血，"我这里有两角(脚)，先给了你吧!"说着，抬腿就朝值班护士踢去。

女院长立刻带人赶过来，大喝道："给我拦住他，差一分钱也不准走人!"

戴二不认识女院长，更不知道她的来历，猛地一拳就朝她身上狠狠砸过去。女院长猝不及防，被打得血流如注，倒在地上。

混乱中有人报了警，不一会，一阵急促的警笛声响起，戴二意识到情况不妙，赶紧抽身从医院后门逃出去。

戴二前脚溜，警察后脚就赶到了。听说女院长被戴二打得死活不知，派出所所长吓得魂都差点飞掉，这回是戴二无理，加上人家女院长又有背景，所长便兴师动众起来，立刻调派大批警力火速赶来现场，还用电喇叭号召全镇人都来投入围捕戴二的行动，组织力量封锁所有出镇路口，抓捕戴二。

由于戴二平时作恶多端，镇上人早就盼着这一天了，所以纷纷抄起家伙出来，戴二刚刚躲进一户人家的茅厕，就被镇上人发现拖了出来。县电视台以"警民联手除恶霸，旅游胜地还太平"为题，报道了这一振奋人心的消息。

戴二被带走了，平时敲诈勒索积下的家财被法院强制执行，抵了他这回住院的医药费。不过，医院看似大获全胜，却也是元气大伤，停业整顿了足足一个月。而且，女院长想起戴二那一拳就心有余悸，从此还真收敛了许多。

这一来，花果镇"两怕"没有了，有人因此对朱贵竖起了大拇指，问他："你是咋想到这一招的?"

朱贵笑笑，说："出门打工，给咱换了一副脑!"

（红　英）

（题图：谢　颖）

命悬一梦

有个叫葛财的财迷,这天做了一个奇怪的梦,梦见有人把从银行抢来的钞票埋在村口河滩。梦中的事本不可当真,可葛财是个财迷呀,宁可信其有,于是他第二天就扛着个钉耙,兴冲冲地去河滩上刨钞票。

河滩地儿不小,葛财想,埋东西的人肯定会留下痕迹,于是就细心寻找。你别说,还真被葛财发现了一处地儿有新土,他顿时心中一喜,抄起钉耙就使劲儿刨起来。

就在这时,只听身后有人喊:"喂,你在刨什么呀?"

葛财回头一看,是村口小店的吴瘸子,正气喘吁吁地朝他奔来。他来干什么? 莫非……葛财心里一急,张口便道:"闲着没事,想挖两条蚯蚓钓鱼,弄盘下酒菜。"

吴瘸子跑到葛财跟前,上来就把葛财手里的钉耙夺了,往滩上一扔,笑道:"想喝酒何必这么费事?走,上我店里去,有现成的酒和花生米!"

天下竟有如此好事?葛财一听乐了,马上跟在吴瘸子屁股后面走。

两人这一喝,就喝到了天黑,葛财头也重了,脚也轻了,几次晃晃悠悠地站起来要走,都被吴瘸子拉住,喝了一杯又一杯。这么一来,葛财就是想站也站不起来了,直到后来醒过来一看,却发现已经躺在自家床上了。

此时,已经是第二天大天亮了。葛财的老婆见葛财眼睛睁开了,便大骂起来:"你这死鬼,酒是人家的,命可是自己的。昨夜要不是我把你拖进屋,你就睡在门口青石条上,一夜冻下来,还有小命?我问你,昨天你是扛着钉耙出门的,回来时却两手空空,你把钉耙丢哪儿去了?"

葛财被老婆这一问,立刻一个激灵从床上跳起来,奔到吴瘸子家,进门就问看到他的钉耙没有。

吴瘸子说:"你喝了我的酒,又不是我喝了你的酒,我干吗要替你看钉耙?说不定你那钉耙还在河滩上呢!"

葛财愣了愣,赶紧又跑河滩上去,果然就在昨天刨土的地方看到了自己那钉耙。嘀嘀,原来是忘这儿了!正好闲着没事,那就继续刨梦中的钞票吧。

葛财刨着刨着,突然刨到一只鼓囊囊的蛇皮袋。天啦,梦中的事竟是真的?葛财激动得心口"怦怦"乱跳,忙弯腰撅屁股地把蛇皮袋从土里拽出来,解开袋口就往外倒。谁想没倒出成捆的钞票,却倒出一条死狗来!再仔细一瞧,这狗葛财认识,是万鱼佬家的大黄狗。

葛财顿时吓出一身冷汗!俗话说:"蛮的怕横的,横的怕不要命的。"这万鱼佬是远近闻名的一个不要命的主儿,一旦认定是葛财打死了他的狗,那他会罢休? 想到此,葛财忙把死狗往坑里一扔,头也不抬地拼命填起土来。

葛财正忙着,突然发现有人来到跟前,抬眼一看,竟就是万鱼佬。

万鱼佬朝葛财冷笑道:"拿着个钉耙埋什么呀?"

葛财慌了:"没埋什么! 这不,闲着没事,想挖两条蚯蚓,钓条鱼做下酒菜,唉,就是挖不到!"说着,拿了钉耙就要走人。

万鱼佬一把拉住他,说:"河滩上怎么会挖不到蚯蚓呢? 你就在这刨刨看!"

葛财当然不敢动手,万鱼佬于是就一把夺过他手里的钉耙,三下两下就把自家那条狗给刨出来了。

葛财吓得两条腿直打哆嗦,慌忙申辩说:"万鱼佬,你听我说,这狗不是我打死的。我昨天在吴瘸子那喝多了,连自己怎么回的家都不知道,怎么可能再去你家打狗? 不信你去问吴瘸子,这狗要是我打死的,我赔你一百块。"

葛财以为只要吴瘸子证明,万鱼佬就不会怀疑他了。谁知万鱼佬却朝他冷笑一声,瞪着两只眼睛说:"葛财,这一百块你是赔定了! 我实话对你说,这事儿就是吴瘸子告诉我的,要不,我大老早地到河滩上来干吗?"

葛财不信,便跟着万鱼佬去吴瘸子那儿。

吴瘸子一看到葛财就说:"我这是实话实说。你昨天在我这儿喝酒,临走时说,要去打死万鱼佬的狗,我还以为你酒喝多了胡吹,没想你还真去打了!"

葛财一听,顿时傻了眼。他平时确实恨万鱼佬的狗,可也不至于真去打呀,难道昨晚自己糊里糊涂地真下了手? 葛财当然不愿赔钱,就把自己做的那个抢银行、埋钞票的怪梦跟万鱼佬说了。

万鱼佬凶狠狠地一把扯起葛财的衣领子,朝他晃着拳头说:

"你糊弄谁呢？做梦讨媳妇，这不是瞎扯淡吗？快，把钱拿出来，否则我一拳揍扁了你！"

不得已，葛财只好很不情愿地从口袋里掏一百块钱出来，给万鱼佬。

葛财没刨出梦中的钞票，还白白损失了一百块，他心里越想越恼，从此看谁心里都来气。

这天，葛财看到村里一个叫石娃的孩子，手上竟拿着自己的打火机在玩，就一把夺过来，还骂他："谁让你偷我打火机的？"

石娃急了："这是你给我的，不是我偷的！"

葛财一愣："胡扯！我什么时候给过你这玩意儿？"

石娃说："那天晚上你酒喝多了，吴瘸子把你从店里拖出来，扔在地上，还踢你屁股呢！你爬起来连路都走不稳，是我把你扶回家的，就是在回家路上，你送了我这只打火机，你怎么一点都不记得了？"

什么？那晚是石娃把自己扶回家的？葛财不好意思了，忙给石娃赔笑说："叔和你开玩笑呢，叔打火机送给你了，怎么还会往回要！石娃，叔问你，那晚叔有没有去打狗？"

石娃摇摇头："哪能呢！我把你扶回家，你刚进院子，就倒在青石板上睡糊涂了。"

葛财听明白了！他知道石娃娘叫月姑，是一个苦命的女人，年纪轻轻就死了丈夫，养个儿子又有些弱智，因为这个原因，月姑一直都没有再嫁。春上，月姑把石娃丢给年迈的婆婆，自己跟着村里那帮小年轻去城里打工，一心想挣钱回来给石娃治病。石娃呢，从小跟着月姑惯了，月姑一走，他心里想得慌，从此天天都去村口等月姑回来，有时夜里不睡觉，也悄悄跑去等。那晚，他一定就是在去村口等月姑的路上，撞见喝醉酒的葛财的。

石娃是傻些，可心里实诚，葛财相信他绝对不会撒谎。这么说来，万鱼佬的狗不是他葛财打死的了，那吴瘸子为什么要给万鱼佬做伪证,说是他葛财打死万鱼佬的狗呢? 葛财想啊想,突然想到:我那天去河滩上刨钞票,吴瘸子不让刨,硬要拉我去喝酒,平时一个钱都要分两瓣花的吴瘸子,怎么会一下大方起来? 说不定就是他在那儿埋了什么,怕被我挖出来。好呀,你这个吴瘸子!

当天晚上,葛财拿上一包卤菜和两瓶酒,又去了吴瘸子那儿。

葛财对吴瘸子说:"上次你请我喝酒,没想酒壮人胆,我真去把万鱼佬的狗给打死了。嘿,万鱼佬的狗是条恶狗,我早就想打死它了,可平时没胆,你反倒是成全了我。那好,今天我来请你喝酒,要是再喝多了,说不定能上山去打头野猪! 哈哈,如果真是这样,那咱们可就能过个肥年了……"

吴瘸子瞥一眼葛财拿来的两瓶酒,不屑地说:"喝就喝,谁怕你呀!"

于是两人不用盅,一人捧起一个酒瓶子,就对喝起来。

到两只酒瓶子都见底了的时候,吴瘸子的舌头硬了。原来这两个瓶子里装的,一瓶是烈性酒,一瓶却是水,葛财喝的自然是水了。

葛财一看吴瘸子这个样子,就开始套他的话了:"我说瘸子,你不该打死万鱼佬的狗,把它埋在河滩那儿,却又来祸害我。你可真不够朋友啊! 你告诉我,你到底在那儿埋了什么东西,怕我把它挖出来? 其实,我要是想挖,你藏哪儿我都能找到。"

吴瘸子这时候两只眼睛已经睁不开了,嘴角还流着口水,嘀嘀咕咕道:"这回你可别想找到,我把它埋在院里的枣树下,我才不会告诉人呢!"一边说着,一边就迷迷糊糊睡过去了。

葛财像拖死狗一样把吴瘸子拖到床上,一眨眼的工夫,吴瘸子的呼噜就震天价地响了起来。葛财心里暗喜,赶紧跑出屋,拿起靠在墙角的钉耙,就使劲儿在枣树下刨起来。

　　吴瘸子没说假话,葛财没刨多久,果然就觉得手上的钉耙触到了硬邦邦的东西,他激动得立刻蹲下身去看。

　　可谁知就在这个时候,葛财猛觉脖子上冰凉冰凉的,一侧头:我的妈呀,一把明晃晃的砍刀正横在他后脖颈上,拿刀的就是吴瘸子!

　　葛财大吃一惊:"你……你没醉?"

　　吴瘸子冷笑道:"你葛财能喝水,我吴瘸子就不能喝水?告诉你,你那酒让我给调包了。别动,你这个笨蛋!"

　　葛财吓得浑身哆嗦,又十分不解:"吴瘸子,我和你无冤无仇,你……你为什么要杀我?"

　　吴瘸子叹了一口气:"我本不想杀你,是你逼的我!"说完,他把手里的大砍刀举了起来。

　　"啊——"就在这时,突然响起一声尖叫。

　　吴瘸子猛一怔,借着月光四下一看,突然发现有人正趴在他家院墙上。

　　说时迟、那时快,只见那黑影"嗖"地溜下院墙,一边跑一边喊:"杀人了!杀人了!吴瘸子杀人了!"

　　吴瘸子听出来,那黑影是石娃。

　　葛财刚才几乎被吓没了魂,现在被石娃这么一喊,一下清醒过来了,于是趁吴瘸子愣神的当儿,爬起来撒开腿就跑,一边跑一边喊:"不得了啦,吴瘸子要杀人啦!"

　　吴瘸子一见这阵势慌了,想追,可他哪里追得上跑得像兔子般快的葛财?

　　葛财和石娃的喊声惊动了村里人,大伙儿从四面八方赶来了,有的手里还提着木棒。

　　吴瘸子这时候正拼命在院里那棵枣树下填土,大伙儿立刻一拥而上把他拿住,重新把土刨开,里面露出了一只麻袋,打开一看,竟是一具女尸!再仔细一瞧,她就是石娃的娘月姑。

　　原来，几天前的一个晚上，在城里打工的月姑趁这晚不加班，匆匆赶回来看石娃，走到村口时正好碰上吴瘸子，被他拉进了屋。丈夫死后，月姑曾和吴瘸子好过一阵，她本来指望吴瘸子能帮她支撑起这个家，可吴瘸子不愿接受石娃，更别说拿钱给石娃治病了，这让月姑伤透了心。

　　吴瘸子拦下月姑，是想留她过夜，月姑自然不答应。于是一个要走，一个不让走，拉拉扯扯中，月姑打了吴瘸子一个嘴巴，吴瘸子恼了，就掐月姑的脖子。月姑拼命反抗，可瘦小的月姑哪是吴瘸子的对手？只是吴瘸子没想到，他这一掐，竟失手掐死了月姑。这下他慌了，索性趁着黑夜把死了的月姑拖到河滩上埋了……

　　石娃终于见到自己日思夜想的娘了，可他不明白娘为什么就突然不会说话了。月姑的婆婆由于伤心过度，一下就病倒了，不久也跟着月姑去了。

　　葛财呢，从此几乎像换了个人似的，一点也不财迷了，他二话不说就把石娃接到自己家来，当儿子抚养。村里有人问他："你把石娃这么养着，就不怕自己破财？"

　　葛财感慨说："石娃看上去傻，可心里明白着呢！要是没这孩子，吴瘸子做下的坏事谁知道？要是没这孩子，我现在不就和他娘在黄土下做伴儿了？你们说石娃傻，他在我心里可是个金娃娃呢！"

（钱　岩）

（题图：刘斌昆）

三起三落

　　大牛复员后,到一家商厦当保安。商厦老板姓吕,吕老板见大牛工作认真,做事踏实,便有意培养他,没过多久,大牛就成了商场保安部的经理。

　　大牛家祖祖辈辈都是老实巴交的庄稼人,如今大牛当上经理,可是多么光宗耀祖的事情,因此大牛十分珍惜这份荣耀,干活格外卖力。

　　这天下午,店堂里来了个妖冶的女人,她手里的一个手提包引起了大牛的注意,大牛只一眼就发现这包是吕老板的,当即大步上去拦住了问道:"对不起,你这包是从哪儿来的?"

　　女人轻蔑地瞥大牛一眼,说:"哟,你管得也太多点儿了吧?这种包厂家又不会只做一个,你怎么知道是吕老板的?"

女人此话一出，正是不打自招，大牛心里立刻有了底，忙用对讲机叫来下属小张和小李，要把女人带去办公室进一步盘查。女人不肯就范，立刻大呼小叫起来，大牛一怒之下干脆就把女人送进了派出所。

到快下班的时候，吕老板来了，一看到大牛，就不阴不阳地说："牛经理，是你干的好事吧？"

较真的大牛没听出吕老板其实是话里有话，他挠挠头，还挺不好意思地对吕老板说："吕老板，抓住小偷，给商厦挽回损失，这是我的职责。今天这事儿，其实我们保安部的小张和小李都有功劳，要奖励的话，也该奖励他们。"

"狗屁！"吕老板气得一声大吼，"你知道你今天给我搞丢了多大一笔生意？三十万！整整三十万哪！眼看就要到手的钱，就因为你飞了。哼！还讲什么奖励？奖励个屁？你明天给我看仓库，抓老鼠去！"

大牛被吕老板狠狠训斥了一顿，可他不知道自己到底错在哪里，所以心里憋了一股子闷气。吕老板前脚一走，大牛就气鼓鼓地对小张和小李发牢骚说："吕老板怎么这么说话呢？商厦里有贼不抓，那还要我们保安干什么？我这么做，怎么就耽误他生意了呢？他合同没签下来，能怨我？"

小李神秘地凑近大牛，说："牛经理，敢情你还没弄明白那女人是干什么的。"他前后左右看看，又继续说，"我刚才悄悄去问了吕老板的司机小赵，才知道那女人是吕老板的小蜜，吕老板派她用美人计迷倒对方，拉了一笔生意，下午她是来商厦取包去签合同的，被咱们这么一来，耽搁了几个小时，对方起了疑心，所以吕老板合同没签成。"

大牛一听，这才恍然大悟，责怪道："吕老板的小蜜我们怎么认识？可那女人当时为什么自己不说呢？"

小李笑了："牛经理，你也真是的，当时店堂里那么多人，她怎么可能说出自己和吕老板的关系？不过，她当时不是用手机拨过一个号码，后来手机被你打飞掉了么？"

大牛一想，当时确实有这么回事，但是现在再说什么都后悔晚矣。

第二天早上，大牛刚上班，门卫就通知他说，吕老板传下话来，让他立马去办公室。大牛料想是给自己换工作的事，于是就先到保安部去把资料整理好，这才拿着朝吕老板办公室走去。

一进门，大牛把资料往吕老板桌上一放，说："吕老板，保安部资料全在这儿，我都整理好了。不用你提醒，我现在就去仓库上班。"

谁知吕老板却全然没有了昨天的怒气，一脸笑意地招呼大牛在沙发上坐下，说："先不要急嘛！我昨晚想了一下，像你这样负责任的人现在真是不多见，所以今天我不但改变决定不撤你的职，还要给你涨工资，以后每月三千。"

一听这话，大牛诚惶诚恐，激动得眼泪都快掉下来了。

吕老板拍拍大牛的肩，说："没事儿就上班去吧，思想上不要有包袱，好好干，小伙子，前途是光明的。"

大牛回到保安部办公室，小张和小李正在那儿鬼笑，他们见了大牛，齐声说："恭喜哥哥官复原职。"

大牛觉得非常奇怪："你们怎么这么快就知道了？"

小李说："你知道吕老板为什么会改变主意吗？"

大牛说："嘿，还不是看我做事认真呗！"

小张和小李嬉笑不语。大牛急了，再三追问，小李才笑着说："你真以为吕老板看上你了？实话告诉你吧，是那女的给你求情，吕老板才放你一马的。"

"这倒怪了，"大牛说，"我错抓了这女人，她不但不报复，反而给我求情，天下哪有这么奇怪的事儿？"

小李摇摇头，打趣说："这里面的事儿我们哪知道？说不准哪,嘻嘻,是那女人看上你,你要走桃花运了!"

小张也笑道:"哥,有了这靠山,以后可别忘了咱兄弟两个,咱们可是一起患过难的!"

玩笑是这么开着,可大牛听过就算,根本没有去想什么桃花运、杏花运的,倒是心里对那女人存了一份感激,所以就想找个机会去谢谢她。

过了几天,听说上面一个主管商业的领导因为经济问题被双规了,这事八竿子打不着大牛,可谁想吕老板却因此对大牛的脸色越变越难看,天天没个好声气。这天消防检查,发现器材老化,这本不关大牛的事,可吕老板却硬把责任强加在大牛身上,借此撤了他经理的职,只让他做一个普通的保安员。

这天,大牛在商场巡查,突然有个戴太阳镜的女子挡住了他的去路,等那女子摘下太阳镜,大牛才发现她原来竟就是吕老板的那个小蜜。大牛想起当初这女人曾经帮自己向吕老板求过情,忙向她道谢。

小蜜说:"你光说谢有什么用? 拿点实际的来!"

大牛说:"那……你总不会说是要我请你吃饭吧?"

小蜜一听忍不住笑了:"好大的口气,一个小小的保安,居然要请我吃饭? 嘿,我看还是我请你吧,晚上你下班,我来接你,回头见!"

大牛还没回过神来,小蜜已掉头扬长而去。

大牛还以为小蜜是和他开玩笑的,可没想当晚下班他刚出门,一辆红色轿车"嘎"地就停在了他的身边,来者正是小蜜,她不由分说,硬拉大牛上车,把大牛带到了海王星酒店。

走进一个包厢,桌上已摆满了各色菜肴,小蜜硬拉大牛落座,举起酒杯说:"来,为我们有缘相识,干!"说完,仰起脖子将杯中酒一饮而尽。

酒过三巡,小蜜已有些醉意,她对大牛说:"姓吕的这个混蛋竟敢不听我的话,把你降为保安,以前他哪敢这样!"

大牛朝小蜜摇摇头,说:"这事儿过去就让它过去吧,当经理也好,干保安也好,对我来说,都不过是混口饭吃而已。不过话说回来,当初你替我说过话,今天就趁这个机会,我敬你一杯,谢谢你!"

"谢什么谢?"小蜜说,"屁大点的事儿,也值得挂在嘴上?哼,他那笔生意是老娘我给他搞定的,当初丢了就丢了呗,我再给他找一个就是了。"

小蜜这时候已经有点喝多了,她眨眨迷离的眼睛,对大牛说:"嘻嘻,我告诉你一个秘密,以前我除了跟他,还跟他的上司好着哩,他就是知道了也不敢把我怎么样,还不是照样乖乖地伺候我?可现在,唉,他那个上司垮台了,所以他才敢不听我的话,把你降为保安……"

小蜜这么一说,大牛顿时明白了自己上上下下的原委,心里直犯恶心。

可谁知小蜜接下去的话就不像话了,她对大牛说:"大牛哥,其实你抓我那会儿,我就喜欢上你了,你身体好,模样俊,是个标准的猛男,我伺候姓吕的伺候了半辈子,如今也该换换了……大牛哥,我有的是钱,你跟了我,肯定比干那狗屁保安强百倍,咱们不如今晚就……"说着,这女人就朝大牛靠上来。

大牛顿时勃然大怒,一把推开女人,大声怒骂起来。

就在这时,包厢门"砰"地一声被踢开,吕老板领了一帮人冲进来,他朝小蜜脸上"啪啪"猛扇了两巴掌,骂道:"你个臭婊子,在这里勾引男人,我打死你!"

小蜜也不甘示弱,立刻发疯般的和吕老板扭成一团,但毕竟敌不过对方,最后被吕老板手下人给带走了。

吕老板走过来,拍拍大牛的肩,说:"小伙子,好样的,以前我还以为你和这个女的相好,是我看错你了,你不但清白正派,还帮我甩掉这个女人,立了大功。我决定,马上恢复你商场保安部经理的职位,还额外给你加一次工资,以后月薪五千。"

吕老板以为大牛听到他宣布的这个决定,肯定会对他感激涕零。可谁知,此刻大牛脸上的表情却显得分外平静,他看了吕老板片刻,说:"你一定以为我会好好谢你,但是我想告诉你的是,我不会再在你这儿干下去了,我现在就辞职,回老家种地去。"

吕老板惊得目瞪口呆,突然觉得,自己好像根本就不认识大牛。

大牛说到做到,他第二天就启程回了老家,在乡下办起了养猪场,工作虽然辛苦,但日子却过得轻松自在,有滋有味。

（李彦军）

（题图:魏忠善）

生 死 对 峙

人的潜力像一座活火山,永远难以预料何时爆发,能量有多少。生死攸关之际,一个人爆发出的潜力也许能超越所有人的想象。

一个都不许死

　　1944年7月,远征军强渡怒江,收复滇西大片失地,开始了著名的"松山大反攻",而日军困兽犹斗,凭借居高临下的地势和坚固的明岗暗堡,发誓要和远征军拼个鱼死网破。眼见得十多天过去了,双方杀得天昏地暗,只见一队队伤员抬下来,又见一支支部队拉上去,战斗进行得异常惨烈。

　　7月27日凌晨,坚守待命的116师36团2营1连接到紧急命令,要求抓紧时间吃饭,饭后迅速奔赴火线,投入最后的生死决战。随命令送来的,还有一批慰劳食品:猪肉、粉条、蘑菇、竹笋、高粱面……

　　1连是随大部队从东北一路后撤到大西南来的,官兵清一色都是东北人,这些具有东北风味的食品,无疑让他们一下就想起了万里之外的家乡,勾起了浓浓的思乡之情。当第一甑高粱窝窝头刚刚出笼,一个小个子兵就忍不住冒着被蒸气烫伤的危险,抢先抓起一个,放在鼻尖下闻个不停,深情地吮吸来自黑土地的气息……

突然,"啪"一记响亮的耳光朝他脸上甩去,小个子兵被甩得立刻摔倒在地上,可却死命地把抓在手里的窝窝头护在胸前。

谁这么狠劲儿? 1连的士兵们知道,这重重的一记耳光,只有连长才打得这么脆,这么狠,这么无情。顿时,那些想跟着来抓吃的士兵们都不敢动了,他们一双双眼睛望着连长,目光中三分畏惧,七分愤恨。

1连的连长姓刘,嘴巴特别大,一顿能吃一只烧鸡,外加十几只馒头,士兵们平时都叫他"刘大嘴"。眼看刘大嘴还想动脚,伙夫头老崔赶紧站出来说情:"连长,他还是个孩子!"

这个小个子兵是部队从东北溃退时收留的,当时是个满脸稚气的学生,饿得奄奄一息,是老崔救活了他。

可刘大嘴还是狠狠踢了小个子兵一脚,鹰一样的眼睛咄咄逼人,嘴里骂道:"吃吃吃,就知道吃? 他妈的,还有没有王法了?"

一个大个子兵看不下去了,忍无可忍地挺身而出,抓起一个窝窝头,对大伙儿嚷嚷说:"弟兄们,马上就要去送命了,还怕个逑? 生死决战,肯定有去无回,这次是死定了。哼,咱们都好几年没闻高粱面的香味儿了,先吃饱了再说,就是死也不当饿死鬼!"

这大个子兵的话说得在理啊,士兵们一听,便壮起胆子纷纷动手,争抢窝窝头。

"放回去!"刘大嘴一声怒吼,从腰里拔出了手枪。

士兵们见刘大嘴铁青着脸,吓得连连后退。

刘大嘴朝士兵们一扫眼,朝天放了三枪,大喝一声:"全体集合！"

大伙儿都为小个子兵捏了一把汗，这不是明摆着刘大嘴要处置他嘛！

不料集合完毕，刘大嘴并没有对小个子兵动手，却提出了一个让大伙儿十分意外的问题："弟兄们，我想问问，你们谁想死？"

下面一片黑压压的人头，大伙儿面面相觑，都不知道刘大嘴葫芦里究竟卖的什么药。

见没人回答，刘大嘴只好自问自答："我知道，你们谁也不想死！老子也不想死！我老刘家一家十几口人，全让小日本给杀了，现在就剩下老子一个，老子要是死了，我老刘家不就断子绝孙了吗？"

临战之前怎么说这些话？这不是动摇军心吗？

大伙儿正摸不着头脑，只见刘大嘴从口袋里掏出一张预先开好的菜单，大嘴一张，扯亮嗓门，朗声念了起来。大伙儿一听，那菜单上除了高粱窝窝头外，全是地地道道的东北菜：凉拌拉皮、蘑菇炒肉、小葱拌豆腐、猪肉炖粉条、京酱肉段……大伙儿其实肚子并不饿，却一个个竖直耳朵，听得口水直流。

念完之后，刘大嘴将伙夫头老崔叫了来，把菜单交给他，郑重地叮嘱道："你拿出全部手艺来，照单去做，少一样，老子要你的脑袋！"

等老崔领命而去后，刘大嘴扫了一眼黑压压的人头，狡黠地一笑，声如洪钟："弟兄们，你们都给我记着，一个都不许死，一定要活着回来，回来喝庆功酒，醉他奶奶个蛋！现在，开始点名！"

全连士兵，一个一个点下来。

点完名，刘大嘴高举着手中的花名册，脸上露出了悲壮的神色，一字一顿地对大伙儿说："除了炊事班，全连 141 个弟兄，都给老子听清楚了——你们家里还有老爹老娘，还有老婆孩子，他们都眼巴巴地盼着你们回去！谁要是死了，谁就是不孝之子！

就是乌龟王八蛋！老子就是跑到阎王殿,也要把你狗日的给抓回来!"

随后,刘大嘴大手一挥,嘴里迸出两个字:"出发!"

连队一走,老崔立刻就忙开了,拿出全套本事,照着单子一样一样地精心做起菜来,炊事班的另外几个士兵,就起劲地给他打下手。

终于,一顿丰盛的美餐大功告成了,可老崔他们几个等啊等,等得眼睛都望穿了,就是不见刘大嘴带着士兵们回来。不久,前线终于传来捷报:松山全线攻克,日军全部被歼。老崔激动得大喊一声:"还等什么?走啊!"他兴冲冲地带领伙夫们挑起饭菜,送往前线。

只见夕阳下的松山,弥漫着一片浓浓的硝烟,到处血流成河、尸堆成山……炊事班一行人挑的挑、抬的抬,一路高喊着弟兄们的名字,可是他们转了好几个山头,也没碰见一个弟兄。

突然,一个伙夫失声惊叫起来:"老崔,快看,弟兄们都在这儿哪!"

老崔闻听急步过去,脚步一顿,身子像掉进冰窟一样发抖,泪水簌簌流了下来。只见弟兄们一个个东倒西歪,血肉模糊地倒在地上,和他们在一起的,是成倍的日军死尸,僵死的脸上全凝固着恐惧的表情……

一眼就可以看出,这儿经历过一场残酷的肉搏战。老崔几个仔细一数,全连141名官兵,全部壮烈牺牲!他们顿时伤心得一个个哭成了泪人。

老崔一抹泪水,吼一声:"不能让弟兄们当饿死鬼,就是喂,也得喂饱了送他们上路!"说完,他就蹲下身来,扶起一个士兵,帮他擦干净嘴边的血迹,小心翼翼地一勺一勺往他嘴里喂饭菜。

另外几个伙夫一看,全照着老崔的样子,扶起一个个牺牲了的弟兄,一边往他们嘴里喂饭,一边高声报出菜名。硝烟弥漫之中,伙夫们带着哭腔的嗓门瑟瑟抖颤,此起彼伏地唱响了一个个地道的东北菜名:"凉拌拉皮! 蘑菇炒肉! 小葱拌豆腐! 猪肉炖粉条! 京酱肉段……"

伙夫们抹着泪水,一边往弟兄们嘴里喂饭,一边被眼前一幕幕悲壮的场景感动着! 那个小个子兵,嘴巴紧紧咬住一个鬼子的腮帮,费了九牛二虎之力才把他的嘴掰开;大个子兵被鬼子一刀砍断了脖子,尸首已经分家,可滚在一旁的脑袋,那脸上的一双眼睛却仍然怒目圆睁;连长刘大嘴被炸得血肉模糊,两只手却紧紧抱着一个小鬼子,老崔怎么拉也拉不开……

老崔捶打着地,声泪俱下:"大嘴啊,你狗日的说话不算数! 不算数啊! 你自己明明说过,一个都不许死,少一个,跑到阎王殿你也要抓他回来! 可你……你怎么自己就先跑阎王殿去了呢?"

这一顿极富东北口味的美餐,最后全部被老崔他们泼撒在了硝烟弥漫的阵地上。

第二天下葬的时候,141 名官兵面朝北方,人人手里都有一个高粱窝窝头,捏得铁紧铁紧……

(天　夫)

(题图:箭　中)

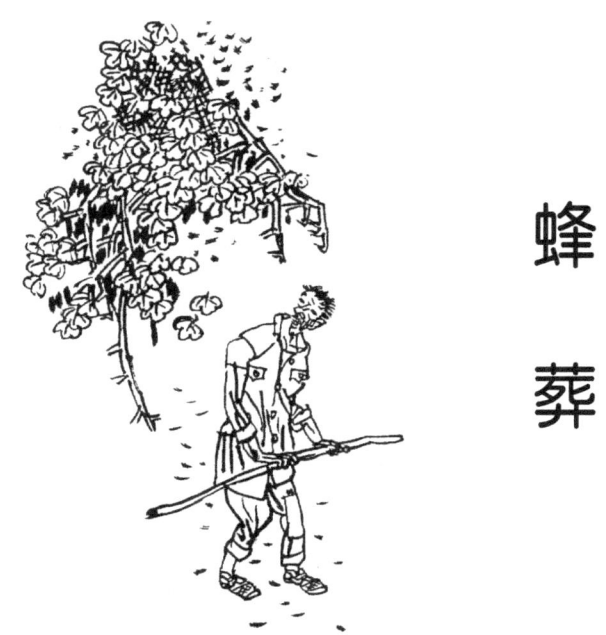

蜂葬

当初大批城市知识青年到边疆插队落户的时候，云南边陲小小的勒龙寨就被安置了几十个知青。这里是个穷山寨，村民们本来就过着缺衣少食的日子，一下子增加了这么多张吃饭的嘴，那还了得？几个月一过，人人肚子瘪得像野狗，大家把全部的智慧和胆量，都用在找吃的上了。

在这饥饿笼罩的寨子里，跛脚三叔可算是个例外人物。一则，他是个光棍，一人有食全家不饿，不像别人拖家带口的；二则，他凭着有点小狡黠，加上跛脚残疾，可以赖掉点集体的活，腾出时间给自己弄吃的；三则，他还真有几下绝招：安个夹子，捕几只野兔；挖个陷阱，逮只狍子；爬上树干，把还未睁眼的小山鸡连窝端下来。不过，他是绝对舍不得把自己能填饱肚子的绝活传授给那些饿得眼睛发绿的知青们的。

这天，三叔瞅空子又去山里溜了一圈，带回一个碗口大的小蜂巢，用开水一烫，里面白色的蜂蛹就全出来了，他找出一点菜油，把蜂蛹炸得金黄，吃了几颗，剩下的盛在碗里，准备留着慢慢品尝。谁知他碗还没放好，隔壁知青点的那帮娃子们闻着蜂蛹的香味，就全冲过来了，他们拿起蜂蛹一嚼，都大叫起来："这东西真是太好吃了！"

确实，炸蜂蛹的好滋味没法形容，比花生米还要脆，还要香，这种香味奇异无比，任何肉类都不能与之媲美，吃了真叫人永世难忘。眨眼间，三叔舍不得吃的这碗炸蜂蛹，立刻被知青们抢了个一干二净。

三叔见知青们馋成这副样子，眨眨小眼睛，狡黠地说："好吃吧？这是蜂崽，还没长翅膀的牛角蜂的蜂崽。我告诉你们，后山陡岩子上，挂着一个几十斤重的大蜂巢，要是能把它弄下来，嘿，你们这帮人就是个个把裤带松了，也吃不完。"

知青们听得直发呆，好一会才回过神来，便纷纷央求三叔去弄。

三叔撇撇嘴，说："我老了，爬不上那陡岩子了，就是爬上去，腿脚也跑不快。你们想吃，可以自己去试试嘛，就看你们有没有胆量了。"

知青们一听，就七嘴八舌地嚷嚷起来，都恨不得立马就出发去那陡岩子。

知青队长叫王海，他显得比较冷静，拦住同伴们的嚷嚷，问道："三叔，我们怎样才能把蜂巢弄下来？"

三叔扫了王海一眼，眯着小眼睛说："你们真有胆量去弄？那好，我教你们。"他于是便一本正经地给知青们介绍起来，"捅蜂巢要胆大心细，先把人从岩顶上放绳子吊下去，然后用火把在蜂巢下面烤，蜂子围上来时就用火把赶。这时候，人即使被蜂子蜇了,也得忍着,用火去烧它们,直到蜂子发不出声来为止。再接着,就用竹片去捅蜂巢的根部,捅准了,蜂巢就会掉下来。你们安排几个人在下面扯紧一条被单接着,要不,蜂巢掉在地上会摔成一摊又稠又黄的浆,蜂崽就吃不到了。"三叔说着,拍拍王海的肩,"师傅领进门,修行靠自身。有没有口福,就看你们自己啦!"

三叔走了,王海他们的胃口却被三叔吊了起来,大家围在一起,足足商量了大半夜。

第二天下午收工后,这帮知青们就带着准备好的工具,兴冲冲地朝陡岩子进发了。

看着他们神气活现的样子,三叔心里暗自得意:你们就知道吃吃吃,哼,那牛角岂是你们轻易惹得的?老水牛都怕被蜂子蜇上一口,等会儿看你们哭爹叫娘去吧!

可是,再看看知青们走在山道上气昂昂的背影,三叔心里突然一顿:我这是在干什么哪?他们还都是些孩子啊,我跟他们较什么真呢?他知道此刻要想拦住他们已经是不可能了,就赶紧颠颠地追上去,朝他们大声叮嘱道:"记住,万一蜂群烧不死,追着人蜇,那就赶快跑,岩子前面有条溪水,人往水里躲,把整个身子都浸在水里,头上戴上斗笠,就安全了。"

"知道啦!"王海和他的同伴们回头朝三叔扮了个鬼脸,就雄赳赳地转过山嘴,一下没了影。

不知怎的,三叔此时突然心里觉得空落落的,他弓着腰,跛着腿,抄近路从另一侧绕到岩底,找个草深的地方趴了下来。他原本是想看这帮娃娃们笑话的,可现在却有点后悔了:唉,我真是老糊涂了,怎么会给他们出这主意的?万一他们真要被牛角蜂蜇了,怎么办?

这时候,知青们已经走到了岩脚下,一看那个陡岩子,中间凹进去足有二十来米,在上半部的陡壁上,果真悬着个大蜂巢,像是一个塞满东西的破麻袋。大伙儿稍稍商量了一下,就分成两拨人马,一拨拿了绳子和火把随王海上岩顶,另一拨人分别抓住一条被单的四个角,准备在下面接蜂巢。

王海不愧是知青们的队长,担当起了最重要也是最危险的角色!他腰拴绳子,手握火把,被同伴们一点一点从岩顶往下放,他两脚踩在岩壁上,稳稳地一步一步慢慢接近那个大蜂巢。

三叔不由暗暗赞了声:"这城里娃,不简单!"

然而,就在王海和蜂巢平齐,正把火把伸向蜂巢底部时,突然,他脚踩的那块岩石掉了下去,身子顿时悬在了半空。而几乎是与此同时,巢里的牛角蜂受到惊动,炸群了!成千上百只蜂子"嗡嗡嗡"地蹿出蜂巢,那低沉而恐怖的振翅声,连躲在岩底草丛中的三叔也吓出了一身冷汗。

悬在半空的王海惊呆了,眼前密密麻麻的蜂群,就像一条深褐色的厚毛毯朝他裹来,他被蜇得杀猪般的大叫起来,拼命挥舞手中的火把,想把蜂群赶走。可这又有什么用呢?数不清的被烧死的蜂子,像小石子似的掉下岩底,而更多的蜂子,却更疯狂地向王海扑来。

看着这危急的一幕,三叔简直要急疯了,他"呼"地从草丛中跳出来,一边往岩顶冲,一边朝知青们高叫:"快拉绳子! 快拉绳子!"可当他冲上岩顶,见知青们在蜂群的袭击下,正惊慌失措地捧着头没命地往前面的溪水奔,便赶紧抓住拴在树上的绳子,一边用尽全力把王海往上拉,一边探出头去拼命朝王海喊:"娃子,顶住!"

这时候,只见成千上百只牛角蜂继续在围攻王海,可王海还是顽强地握着手里的火把,拼命地挥舞着。但毕竟是时间长了,不一会儿他的手就麻木了,火把立刻从他手里滑落下去。

"娃!"三叔心疼地大叫了一声,此刻,他眼里的王海已经完全不是那个平时他看不惯的娇嫩娃了,因为他看到王海虽然失去了手里的火把,却还在用两只脚狠命踹蜂巢。

终于,巨大的蜂巢脱离了岩壁,"砰"一声掉入了岩底!

但是这一来,蜂群被激怒了,"轰"地像突然蹿起的一股浓烟,无数蜂子顿时从岩底直朝王海飞来。幸好三叔这时候已经拼尽全力把王海拉上了岩顶,他飞速地替王海解开缚在腰间的绳子,狠命推了他一把:"快跑,往溪水跑!"

王海跟跟跄跄地跑了,可三叔却站在原地没有动,他看着王海跳进了溪水里,这才裹着那盘旋着扑向他的蜂群,一跛一拐地朝另一个方向跑去……

天渐渐地黑了,直到最后一只盘旋在水面的牛角蜂消失后,王海他们才敢上岸。

知青们点燃了火把,高喊着三叔的名字,在山间寻找他的踪影,可是当他们在密林深处找到三叔时,三叔已经死了,他是被牛角蜂活活蜇死的。

第二天,知青们在陡岩子顶上把三叔葬了。王海特地将那个牛角蜂的空蜂巢扛来,安在三叔墓前。知青们噙着泪,在心里说:"三叔,安息吧,我们永远不会忘记你!"

（佚　名）

（**题图**：魏忠善）

死亡替身

戴立诚是到这座城里来打工的。

这天下午,他正蹲在打工者聚集的西四路人行道边等活干,一辆藏青色的微型面包车缓缓开过来,在路边停下了。开车的是个年纪轻轻的女人,几个打工者一看到她从车上下来,立刻就急巴巴地迎了上去。

但是这女人没有搭理他们,只朝蹲在路边的戴立诚瞥了一眼,就朝他招招手。戴立诚不由心中一喜,赶紧站起身来,走了过去。

女人问戴立诚:"抹卫生间的水泥地面,100块,干不干?"

戴立诚当然想干了,连忙点头,女人于是就让戴立诚上她的车。一路上,她问了戴立诚的一些基本情况,也给戴立诚自我介绍说,她姓魏,叫魏华。

　　大约一刻钟之后,魏华将车开到市郊一座小宅院前停下来。下车后,她先用手机打了一个电话,然后对戴立诚说:"我订的水泥和黄沙还没有送过来,咱们进屋等吧。"

　　戴立诚便随魏华进屋,他没想到,这个魏华对他非常客气,不但给他在客厅沙发上让座,还忙不迭地为他端茶敬烟,然后在他对面坐下来,笑吟吟地望着他。

　　戴立诚似乎被魏华望得有些不知所措,也不知道自己该说什么好,就端起杯子拼命地喝茶。

　　一会儿,外面传来一阵脚踏三轮车的铃铛声,随后便是一阵吆喝声:"有人吗? 送水泥和黄沙来了!"

　　魏华立刻朗声应道:"来了! 来了!"

　　戴立诚跟着魏华出去接应,他见来送货的是个男子,便上去相帮着一起把水泥和黄沙卸下车,抬进院里。

　　魏华突然瞅瞅送货人,又瞅瞅戴立诚,像发现新大陆似的笑道:"看你们俩长的,多像亲哥俩啊!"

　　戴立诚一瞅,不禁也愣住了:这人怎么和自己长得这么像呢?

　　但就这一瞅,戴立诚忽然身子站不住了,摇摇晃晃着要往地上倒下去,他大叫一声:"我头晕……晕死了……"随后就真的没了知觉。

　　送货人眼明手快地一步冲过去搀住他,把他架进屋,轻轻放倒在沙发上。没一会儿,戴立诚嘴巴里就响起了重重的呼噜声。

　　送货人陡然一个精神,问魏华:"他能睡多久?"

　　魏华说:"放心吧,没三五个钟头醒不过来。"

　　送货人问:"现在就干?"

　　魏华一咬牙:"干!"

　　送货人于是一弯腰,就要上去拖戴立诚。

不料戴立诚却突然张开眼来，"霍"地跳起，伸出两只手掐住了送货人的脖子，只稍稍一用力，送货人就软软地倒在地上，昏死过去了。

魏华吓得一声尖叫，撒腿就跑，戴立诚只轻轻伸腿一勾，就把她绊倒在了地上。

随后，戴立诚往沙发上一靠，从兜里掏出一支烟点上，得意地对倒在地上的魏华说："嘿嘿，往茶水里下药……老子多少年前就玩过的货色，居然今天还拿来耍老子？哼，说吧，你们打算麻翻我之后干什么？"

魏华喃喃道："不就是想抢……抢你点钱嘛。"

"住口！"戴立诚喝道，"我可没那么多闲工夫听你乱说，再不老实，我可要杀人了！我手下的冤魂已经有十几条了，可不在乎再添上两条！"说罢，他把藏在腰间的匕首掏了出来。

魏华一看，吓得脸色惨白，抹着眼泪说："大哥，我跟你讲实话吧，我们是做买卖的，这房子是租来的，送货的是我男人。弄你来，是因为你和我男人长得像。我们准备……准备把你放在厨房里，然后打开液化气，把电打炉设成二十分钟后自动点火，这样到时候一爆炸，外面就以为是屋里起火了，我们就可以借此机会向保险公司索赔。"

戴立诚一听，心里骂了句："这个可恶的女人！"又追问道："如果我充当你男人意外死亡，你们能索赔多少钱？"

魏华看一眼戴立诚，小心翼翼地说："七十八万吧。"

"糊涂！"戴立诚立刻训斥她，"你以为保险公司这么好骗？这么一大笔赔偿费，他们肯定要做尸检，到时候查出我胃里有麻醉剂成分，血型和DNA也对不上，你们两口子就等着以故意杀人罪和诈骗罪被枪毙吧！"

魏华一听，眼泪"哗哗"直流："大哥，我们哪懂这些啊……"

戴立诚连连摇头："唉，就你们这点智商，也敢犯罪？"

这时候，只听那送货人，也就是魏华的男人，嘴巴里发出一阵轻轻的呻吟声，看样子他是快要醒了。戴立诚突然就从沙发上一跃而起，冲上去狠狠一脚就朝他身上踢去，只听"咔吧"一声响，那是后脖梗骨头断裂的声音，他的脖子被戴立诚给踢断了。

戴立诚狞笑着对魏华说："你们这个计划应该继续实施下去。现在你看，你男人的后脖骨断了，活下来也是个高位截瘫，如果你家厨房液化气爆炸炸死的是他，那保险公司的赔偿金不就稳稳到手了？"

魏华此时只觉得一股寒气猛爬上背脊，她战战兢兢地看着戴立诚，声音里满是哭腔："你怎么能……怎么能……他是我男人呀……如果我不答应……不答应你呢？"

戴立诚凶相毕露："那我就杀死你！"

魏华一看戴立诚这么杀气腾腾的样子，不得不低下了头。她压抑地抽泣了几声，又沉默了好一会，最后才像是下定了决心，开口对她男人说："老公，你……你反正活着也是个废人了，就不如做做好事吧……以后每年的今天，我会多给你烧纸钱的。"

戴立诚问了魏华那家保险公司的名称，随后从内衣口袋里掏出一只袖珍录音机，抠出里面的磁带，在魏华眼前晃了晃，说："一般情况下，保险公司赔款一个月能下来。一个月后，第一个星期五中午十二点，我会在火车站广场中央百事可乐的广告牌下等你，你把你得到的保险公司赔偿金的一半带来给我，我就把这盒录有你刚才口供的磁带交给你，咱们从此以后就谁也不认识谁了。但是你得给我记住，如果你拿了赔偿金之后不声不响地溜了，那么对不起，我会把这盒磁带直接寄到保险公司去，你从此一辈子都将在被追捕的煎熬中度日如年。该怎么做，你自己掂量着办吧！"

事情到了这个地步，魏华只好老老实实答应戴立诚，和他一起把自己男人拖进厨房。

厨房里有两罐液化气,魏华拧开没接气管线的那罐开关,罐里的液化气立即"嗞嗞嗞"地直往外冒;她紧接着又拧开接到电打炉上的那罐液化气开关,再把电打炉设到二十分钟后自动点火挡,随后就离开了现场。

出门后,戴立诚和魏华两个人,一个往东,一个往西;西边有个菜市场,所以往西走的魏华,还故意在手里挎了个篮子。这天晚上,他们两个人都在做着领取保险公司巨额赔偿金的美梦,可是要知道,等待他们的,必将是法律的严惩!

（李元奎）

（**题图**:安玉民）

系红丝绳的手枪

　　小华今年七岁了,他的爸爸罗民是一名刑警,小华常为自己的爸爸是警察而骄傲。

　　小华平时最喜欢做的游戏,就是模仿爸爸捉坏蛋,他还老想去摸爸爸的枪,但爸爸总也不让。后来,妈妈特地给小华买了一把木头做的玩具手枪,可小华没玩几天就嫌不过瘾,缠着妈妈非给买一把仿真的玩具手枪不可。

　　仿真玩具手枪虽然不能装子弹,但外形看上去跟爸爸的真手枪简直就是一模一样,而且还能像真枪那样扣扳机,一扣,就会发出"砰"一声脆响。小华天天把它拿在手里,就是晚上睡觉也不肯撒手。

　　最近,小华爸爸已经一连几天没回家了,在外边执行任务,直到一个星期后才回来。这天，他踏进家门就喊累，不过没像往常那样倒头就睡，而是把枪往墙上一挂，就到澡堂洗澡去了。

　　妈妈一看爸爸回来了，高兴得忙奔出去买菜，说是要好好给爸爸改善伙食，家里于是就只剩下小华一个人了。小华发现爸爸的枪挂在墙上，脑子里就跳出一个念头来：为啥不趁现在爸妈都不在家，把爸爸的真枪拿下来看看？它和自己的玩具枪到底有啥不一样呢？

　　想到这里，小华就一骨碌爬上桌子，踮着脚从墙上把爸爸的枪套摘下来，打开，小心翼翼地从里面抽出枪来。小华爱不释手地把爸爸这支真枪拿在手里，翻来覆去地看着、抚摸着，又拿过自己的玩具枪来比较。小华抓起这支枪摸摸，又拿起那支枪瞧瞧，可兴奋了。

　　正在这时，忽听门外响起一阵脚步声，还有爸爸妈妈的说话声，小华吓得一个激灵蹦起来，赶紧把爸爸的枪装入枪套，挂回墙上，然后跳下桌，把自己的那把玩具枪放进了小木箱。

　　中午，小华和爸爸妈妈正在吃饭，爸爸的手机响了，爸爸拿起一听，只说了一句"我马上到"，就放下饭碗，一边匆匆从墙上摘枪，一边对妈妈说了句"我有任务"，又回头关照小华："儿子，听妈妈的话，别贪玩，先把功课做好！"然后把枪往腰里一挂，就大步冲出门去。

　　小华还没来得及好好跟爸爸说话呢，一看爸爸连饭也没吃就走了，赶紧追着爸爸的脚步跑到窗前去看，爸爸这时候已经跳上一辆来接他的警车呼啸而去了。小华心里可羡慕爸爸了：爸爸准是又去抓坏蛋了，啥时候自己也能像爸爸那样，当一名抓坏蛋的警察呢？

　　小华的爸爸叫罗民，罗民一上车，队长就告诉他说，有一伙贩毒团伙现在正在二十里外的一个山坳里进行毒品交易，团伙成员都有枪，行动时要特别小心。

车到山坳下的三岔路口时,全队干警已从各路集结过来。队长简短地将目标和任务布置了一下,然后就立刻指挥大家分路向山坳包抄上去。但是罗民这一路刚刚靠近山坳,就被毒贩们发现了,他们手里果然有枪,朝警察一阵乱射后,就开始四散奔逃。

干警们当然紧追不舍,可罗民刚把枪从枪套里抽出来,心里就"别"一惊!干了十几年刑警,他不用看就知道,手中的家伙不管用。他立刻想到准是自己回家那会儿的疏忽,枪被小华动过了,心里不由暗骂了声:"这小兔崽子!"不过他脚下的步子并没有放慢,盯着一个毒匪的背影一个劲地猛追上去。

追着追着,那个毒匪猛地停下了脚步,回转身来,用枪对准了罗民。原来前面是悬崖,他无路可逃了!

罗民尽管手里抓的是假枪,但他知道自己这时候绝对不能退却,他丝毫不改脸色,举着手里的假枪,继续一步一步朝毒匪逼近过去。

到了双方距离只有二十来米的时候,毒匪忍不住尖叫起来:"别过来,你再过来一步,我就开枪了!"

罗民冷笑一声:"开吧,我的枪也不是吃素的!告诉你,我死了是烈士,而你呢,死了连父母姐妹都要为你背黑锅。就是同时开枪,我这枪里的子弹也要比你那土造的玩意儿飞得快!"

毒匪一听,看着罗民正把黑洞洞的枪口对准了他,再看看自己手里的土造枪,顿时惊出一头冷汗。

罗民见毒匪这样子,脑子一转,说:"这样吧,我们都把枪扔到中间地上,你能做到,我就保证你的安全。"

毒匪想了想,说:"那好,我喊'一、二、三',我们同时扔。"他见罗民点头,就立刻大声喊起来,"一、二、三!"

可谁知,就在双方两支枪同时落地的一刹那,毒匪竟猫着个腰蹿过来,一把抢起罗民的枪,指着罗民哈哈大笑,说:"小子,你上当啦!"

可他没料到,罗民竟笑得比他更得意!罗民一边笑着,一边弯腰捡起毒匪丢在地上的那把土造枪,对毒匪说:"上当的是你啊!你手里这家伙不管用,投降才是你唯一的出路!"

毒匪一惊,端起枪对准了罗民就扣扳机,可是只听"砰砰"响,根本见不着一颗子弹从枪膛里飞出来,他气得把枪一扔,绝望地耷拉下头来。

罗民押着毒匪匆匆下山,这时候,整个擒匪战斗已经接近尾声,罗民将毒匪交给战友,自己往山下猛跑,途中又拦了战友一辆摩托车,朝家里飞驰而去……

罗民踏进家门,看到妻子就上气不接下气地问:"小华的枪……枪在哪里?小华呢?"

妻子莫名其妙:"你问小华的枪干什么?小华拿着玩去了,正在楼后空地上和小朋友玩抓坏蛋呢!"

罗民大叫一声"不好",掉头就往楼后跑。等跑过去一看,他差点晕倒:小华正双手端枪朝几步外的邻家小孩宁宁瞄准!罗民清楚地记得,自己那把枪里是装着子弹的,先前因为累,自己到家后急着去洗澡,竟把退子弹的事给忘了。

罗民的心一下蹦上了嗓子眼,可又不能表露出来,他硬是憋着嗓子,远远地朝小华喊道:"华华,听爸爸的话,你先把枪放下。"

小华见爸爸来了,更加来劲儿,嘴里直嚷嚷:"不行,爸爸,我非得把这个坏蛋枪毙了不可!"

原来,小华是在和宁宁玩捉坏蛋的游戏,宁宁当坏蛋,小华当警察。可是在捉拿坏蛋的搏杀中,坏蛋宁宁却很顽强,一下子把当警察的小华撞倒在地上,小华头上被撞起个血包,很疼,他恼了,就掏出枪来,非要在宁宁头上开一枪才肯罢休。

　　罗民不敢惊吓儿子,只好哄他:"华华,坏蛋可不能随便枪毙的,你得先让法官审判,审判后才能动手……"他一边说,一边悄悄朝小华靠近上去。

　　小华平时对爸爸可崇拜了,一听爸爸这么说,就跑上去,用枪点点宁宁的额头,说:"听到了吧?我爸爸说了,先得让法官好好审判你呢!"

　　一看小华把枪点到宁宁的额头上,罗民再也忍不住了,趁小华对宁宁说话的当儿,他一步扑上去,飞起一脚就将小华手中的枪踢了出去。

　　小华没防着爸爸这一着,也不明白爸爸为什么要这么做,立刻一屁股坐在地上大哭起来。罗民此刻也不顾上儿子了,赶紧先去捡被自己踢飞出去的枪,一拉枪栓,一颗子弹果真从里面跳了出来。

　　此时,罗民的妻子也赶了来,目睹这一情景,惊得一下瘫坐在了地上。

　　事后,罗民郑重地向局领导写了请求处分的报告。领导经过研究,给了他一次记大过处分,警示他要严格保管好枪支。不久之后,局里又给罗民记了一个三等功,表彰他在擒拿毒匪战斗中的英勇表现,并在他上缴的那支仿真玩具手枪上系了根红丝绳,连同立功证书一起交还给了他。

　　小华见被爸爸收缴的玩具手枪又回来了,而且上面还系着根好看的红丝绳,就吵着要。但罗民却把它认真地收了起来,他对小华说:"儿子,这把枪爸爸先替你保管着,等你长大了,才能真正明白爸爸为什么要这么做。爸爸相信,关于这把枪的故事,你一定会永远记在心中。"

（苏景义）

（题图:魏忠善）

电话杀人

当红影星艾丽参加完新片开机仪式,回到家里夜都深了,她累得倒头就睡,一直睡到第二天中午,还不想起来。

这时候,有人突然来敲门,艾丽只好懒洋洋地起来,开门一看,来的是自己的经纪人普克拉。

普克拉把一张有艾丽亲笔签名的欠条复印件递给她,艾丽一看就惊叫起来:"这是怎么回事?我什么时候欠过人家钱了?"

可是说完这话,艾丽脑子里突然闪过一个画面。原来昨晚开机仪式结束,艾丽走出会场时,成百上千个影迷在门口等她,他们手里拿着各种各样东西,笔记本,头上戴的帽子,身上穿的衣服,等等等等,非让艾丽在上面签名不可。这个制造欠条的家伙,会不会就是昨晚趁这个时候混在里面浑水摸鱼的?

艾丽把自己的猜测对普克拉一说,普克拉惊讶万分:"你说这家伙有可能是昨晚浑水摸鱼干的?"突然,他像想起了什么,从口袋里摸出一个封了口的信封,交给艾丽,"这是和欠条复印件一起送来的,你看看。"

艾丽打开一看,信上这样写着:"这样的欠条以后还会有很多!我是希姆,我想见你一面。"

"希姆?"普克拉一听是希姆干的,立刻恨得咬牙切齿。

原来,希姆是另一个和艾丽齐名的女影星詹妮丝的经纪人,平时为人十分阴险狡猾。去年,明明一部投资上亿的大片已经定了女主角是艾丽,可希姆为了要让詹妮丝得到这个席位,居然雇人绑架影片导演五岁的儿子,迫于无奈,导演只好把艾丽换下来。曾经有不少经纪人都栽在希姆手里过,可是都因为抓不到把柄,只好吃哑巴亏。现在希姆又对艾丽使出这种卑鄙的招术,实在太损人了。

普克拉立刻就要报警,可再一想,希姆不是说他手里还有很多艾丽亲笔签名的欠条吗?真要打起官司来,艾丽难保能赢;况且眼下新片刚开机,这个时候出来负面新闻,艾丽就完全有可能当不成女主角,甚至连今后的影途都会受到影响。

"那我该怎么办?"艾丽急得哭出了声。

普克拉心想:绝不能被希姆牵着鼻子走,让事情继续发展下去。他脑子飞速转动起来,很快就想出了一个主意,如此这般对艾丽一说,艾丽连声叫好。

两个小时之后,艾丽给希姆打电话,说因为怕影迷围堵,希望希姆能到她家里来见面,并且表示,如果希姆能交出手里所有她签过名的欠条,她愿意放弃担当目前新片中的女主角,把这个席位让给詹妮丝。

希姆没想到艾丽这么爽快就做出了让步,兴奋得两眼放光,立刻一路哼着小曲,向艾丽家走来。

经过街边一个电话亭的时候,希姆心里一动:得先向詹妮丝报个喜,邀个头功! 哈哈,事成之后,自己捞到的好处还会少吗?

可是希姆走进电话亭,刚要拿起话筒,突然电话铃响了起来。希姆觉得很奇怪:这是怎么回事? 怎么会有人把电话打到街头电话亭里来? 他好奇地拿起一听,里面传出一个低沉的声音:"先生,难道你不觉得奇怪吗,街头电话铃会无端地响?"

希姆听不懂对方这话是什么意思,正琢磨着,只听电话那头的声音在继续:"哈哈,先生,要知道,我正等着你哪! 我敢打赌,如果你现在离开这个电话亭,马上就会有生命危险!"

这种街头游戏谁会相信? 希姆骂了声"无聊",就要挂电话。

谁知对方一声猛喝:"且慢!"然后是悠悠的声音,"知道吗? 你现在的一举一动,都在我的掌控之中!"

"是吗?"希姆当然不会相信这种鬼话,不过他心里却不觉对这个电话来了兴趣:对方到底是谁? 要干什么? 他故意抬起左手,一边挠自己的耳朵,一边对着话筒喊,"那你说说看,我现在在干什么?"

对方笑了,说:"你在挠耳朵。"

希姆心里一惊:难道他真能看到我? 他回转身,四下看,没发现周围有什么异常啊,不由皱起了眉头。

只听电话里的声音非常得意:"哈哈,希姆,你闹不明白了吧? 要不为什么皱眉头。"

"什么? 你认识我? 你到底是谁?"希姆一边说,一边又回转身,两只眼睛四下扫。他看到,除了电话亭外有个小伙子在等着打电话之外,来来往往的人都在各走各的路,什么异常情况也没有,他心里不觉紧张起来。

这时候,电话那头的声音更得意了:"你别找了,希姆,你是找不到我的! 我知道,你现在害怕了,是吗?"

"害怕?"希姆嘴巴还是很硬,"告诉你,我对你这种游戏不感兴趣,我会马上报警,让警察来惩罚你这个可恶的家伙!"

希姆本想立刻挂断电话,可是电话那头却突然没了声音。他不甘心地捏着话筒喊了一句:"怎么,你也害怕……"

谁知希姆话音未落,电话那头就连珠炮似地发声音过来了,说的都是希姆以前做过的肮脏事。希姆呼吸变得急促起来:"你不要诬赖人,你拿出证据来呀!"

这时候,在电话亭外等着打电话的小伙子不耐烦了,不停地敲着电话亭的玻璃门,大叫道:"先生,这是公用电话亭,你已经占用这么长时间了,请你快点出来!"

大概是小伙子的吼声被电话那一头听到了,对方立刻得意地大笑起来:"哈哈,希姆,你可不是他的对手啊!"

"你给我闭嘴!"希姆对着话筒大嚷道。

可谁想,就在这当儿,电话亭外的那个小伙子竟真的动了怒,用身体猛撞玻璃门,看他那样子,就像立刻要冲进来把希姆吞了似的。希姆不觉有点心虚:要真打起来,自己肯定打不过这个蛮小伙子,这不明摆着是自己挨揍嘛!

眼看玻璃门就要被撞开,电话那头的声音突然变得很亲切:"希姆,需要帮忙吗?你绝对不是他的对手呀!"

希姆此刻已经没了辙,于是就慌慌张张地问:"你怎么帮我?"

对方说:"只要你点头,我可以立刻用红外线手枪杀了他。"

希姆不信:再生气也不至于要杀人吧?可就在这时候,玻璃门被撞开了,小伙子冲进来,一拳头就朝希姆胸口砸过来,打得希姆上下牙根直打颤。希姆招架不住了,一转头,对着话筒喊了声:"好!"

他"好"字刚出口,就见小伙子猛怔了一下,一头仰倒在电话亭门口,血立刻从他的肩胛处汩汩地流出,朝亭子外流去。

果真把他杀了?希姆吓得脸色惨白,颤抖着身子朝电话那头喊:"你为什么要杀他?"

"你看到我杀人了吗?"电话里说,"明明是你自己杀死他的,你敢不承认?街上的人可都看到了啊!"

果然,路人发现小伙子倒在地上,都围了上来。

希姆这才发现自己掉进了对方故意设下的圈套里,气得话都说不连贯了:"你……做……你这么做……意思……什么意思?"

"很简单,"对方的回答直截了当,"我要你自己把以前做过的丑事统统说出来。"

"不可能!"希姆恨得真想一刀把对方宰了。

对方可饶不了他:"你已经没有选择了,警察正在向你包围过来。"

希姆心里一惊,两眼向亭子外一扫,果然看到有十几个警察已经拿着枪向电话亭逼近过来。"哼!"希姆歇斯底里地狂喊道,"你威胁不了我,我手里没枪,警察会相信我的。"

"咔嚓!"电话里突然传来一声拉枪栓的声音,"难道你也想感受一下这支枪的威力?那么你现在可以看一下你的胸口,有个小红点正在那里游移,只要我这里轻轻一按枪栓,你就会像小伙子一样立刻倒地。"

希姆赶紧低头看,发现真的有一个小红点在他胸口处游移,霎时间,一种前所未有的恐惧充满了他全身每一个细胞:"求求你!求求你放过我吧,我不想死啊!"

"不想死就按我说的做,你现在不能放下手里的电话!"

此刻,警察已经到电话亭门口了,希姆吓得赶紧喊道:"你们不要进来,我在接一个非常重要的电话。"

警察不信:"这个时候你还在接电话?你在和谁通话?"

"你们别管那么多……"希姆的声音里带着重重的哭腔。

警察说:"先生,希望你能明白,你现在如果不马上把枪交出来,那我们今天是绝对不会放过你的。"

希姆说:"我真的没有杀人,我身上没有枪,都是这该死的电话!可我现在不能出去,如果我一出去,马上就会被杀掉,真的!"

这时候,对方又开口了:"你的借口太可笑了,难道电话也会杀人?你说你没枪,那你头顶上钢板夹层里的东西是什么?"

头顶上?希姆伸手往头顶上的钢板夹层里一摸,不得了,果真摸出一把手枪。

失魂落魄的希姆抬起头来,正要对警察说什么,却看到亭子外,所有警察手里的枪都对准了他的脑袋,他惊得手里的枪和电话筒顿时就"啪嗒"一声掉到了地上。

希姆哭着朝警察跪了下来,说:"求求你们,别开枪!我做过很多坏事,但我刚才真的没有杀人。我把我做的都坦白出来,求你们给我一条活路啊!"

希姆于是就结结巴巴地把自己怎么利用艾丽给影迷签名的机会制造假欠条,怎么雇人绑架导演的儿子,怎么想方设法去抢别的经纪人饭碗之类的事,都一五一十倒了出来。正说着,突然他看见刚才已经被杀死倒地的小伙子,居然伸了个懒腰又从地上爬了起来,他惊恐地大叫:"啊,你怎么没死?不对呀,警察先生,他没有死!我没有杀人啊,你们怎么能说我杀人了呢?"

警察"嘿嘿"一阵冷笑:"是的,他没有死,这只不过是一场游戏,这个游戏是普克拉特意为你'度身定做'的。我们都是警校的学生,只不过是应邀来参加这个游戏而已,不瞒你说,这些枪其实都是假的。当然,倒是普克拉自己冒了很大的风险,因为如果你死不承认的话,他将会遭到各种罪名的起诉……"

希姆的脸色顿时由白变青。

（点　点）

（题图：佐　夫）

换个瞎子做人质

史密斯是一家公司的老板，十二年前，他五岁的儿子乔治玩耍时不小心弄瞎了眼睛，为了让乔治能够自立，史密斯把他送进了美国纽约最好的盲人学校。

五年前，史密斯的妻子又为史密斯生了一个女儿，取名叫伊芙尔。伊芙尔长得漂亮极了，可是从小就被诊断出患有很严重的糖尿病。

这天，史密斯的妻子去纽约接乔治回家过圣诞节，史密斯则留在家里，抓紧时间通过电脑处理公司的几笔业务。正忙着，突然电脑掉线了，他无论如何摆弄不上，只好赶紧打电话叫人来修。可奇怪的是，对方虽然在电话里答应马上就来，可史密斯左等右等，就是不见他上门。斯密斯一看时间差不多了，只好让家里的女佣等着,他自己先去机场接妻子和儿子乔治回家。

史密斯驾车离家的时候,却没留意到有一辆工作车正停在不远的地方,他刚离开家,这辆工作车就朝他家扑来。

工作车里坐着三个人,一个名叫约翰,还有两个是约翰的同伙,一个叫琼斯,一个叫古里塔。约翰曾经是史密斯公司的员工,后来被史密斯解雇了,从此便对史密斯怀恨在心,于是这次便把琼斯和古里塔找来,准备绑架史密斯五岁的女儿伊芙尔,好好敲史密斯一笔钱。半小时前,正是他们在通往史密斯家的网络电缆线上动了手脚,这才造成史密斯的工作电脑突然断线;而斯密斯后来打电话叫人来修,实际上接电话的就是约翰的同伙琼斯。

此刻,约翰他们将工作车开到史密斯家门口,约翰坐在车里,穿着工作服的琼斯和古里塔则大摇大摆地提着工具箱下车,骗得史密斯家的女佣来给他们开门,随后两人把女佣打昏在地上,将她拖进别墅,紧接着就一个箭步窜到史密斯女儿伊芙尔的房间。

伊芙尔正独自在玩,看到这两个凶巴巴的人突然闯进来,吓得大哭起来。琼斯一把将伊芙尔抱起,大步走出别墅,两个家伙一跳上车,约翰就冷笑一声,驾车扬长而去。整个绑架过程不过十分钟,而且离开时,他们没忘先将已经破坏了的网络电缆恢复如前,然后半道上又改上了另一辆早已准备好的车,一路来到市郊一个大院里。

一个小时后,约翰估计史密斯应该已经把妻儿接回家了,于是就给史密斯发了一封电子邮件,声称伊芙尔在他们手里,让史密斯拿出六百万美元旧钞做赎金,来换他的宝贝女儿,如果报警,就把伊芙尔杀了。

古里塔担心地问约翰:"你肯定你的老板不会报警吗?"

约翰没好气地瞪古里塔一眼,说:"我在他手下干了整整两年,他是什么样的人我会不了解? 我告诉你,他是个把家庭看得比自己生命还重的人,他宁可失去他的公司,都不愿他家里人掉一根毫毛。你们放心吧,孩子在我手里,他是无论如何都不敢报警的。"

没一会儿,史密斯的回复来了,说:"其他事情以后再谈,我必须告诉你们的是:伊芙尔患有严重的糖尿病,时常会发作,如果不及时抢救,她就会死去。请你们千万看住她,如果她犯病了,她上衣口袋里有一支急救针,一定要马上给她注射,否则她就有性命之忧。"

约翰看罢回复大吃一惊:如果伊芙尔死了,这次精心策划的绑架不就泡汤了? 他急忙冲到隔壁去看,差点吓呆——伊芙尔正躺在地上抽搐,看上去随时都会死去。

约翰急得大叫一声就扑过去,果然在伊芙尔的上衣口袋里找到一支装满了液体的针剂,就立刻给伊芙尔注射进体内。渐渐地,伊芙尔总算停止了抽搐。

其实在策划绑架的时候,约翰就知道伊芙尔身体不太好,可没有想到她得的竟是这样的怪病,随时会死。没办法,他只好让琼斯好好哄着伊芙尔,自己赶紧去看电脑,发现史密斯又发来了第二封邮件:"六百万没问题,但旧钞有麻烦,我需要时间搜集。不过,我现在最担心的是我女儿,我不知道能不能让我来换我女儿? 你们放心,我绝对不敢报警,如何交换由你们定。那一针只能救我女儿一次,而且她现在一定更需要医生,我求求你们了!"

约翰心想:史密斯说的也不无道理,要集到这么一大笔旧钞,确实需要时间,而如果在这段时间里伊芙尔有了什么意外,那自己就会一分钱都拿不到,所以事实上,确实不能将伊芙尔久留下来。可真要把伊芙尔换成精明的史密斯,那不是明摆着更难对付吗?

怎么办? 突然,约翰眼前一亮,他想到了史密斯刚刚从机场接回来的儿子乔治。乔治是个瞎子,在史密斯心里,这个瞎儿子的分量一点不比伊芙尔轻,不如就让史密斯带乔治来换伊芙尔?

主意一定,约翰就马上回复史密斯:"你尽快给我们筹钱!另外,你不是可以用你的儿子乔治来交换你女儿伊芙尔吗?"

史密斯回复得很快:"可以!"

这下,轮到约翰犹豫了:绑架途中换人质,会不会是史密斯设下的陷阱呢? 如果史密斯现在已经报了警,那警方就完全有可能利用换人质的时候对自己下手。

约翰仔细考虑了半天,不过最终还是断定史密斯不会拿伊芙尔的性命来冒险,六百万对史密斯实在不是个大数目。

想到这里,约翰又给史密斯发了一个邮件:"我一定要先得到你儿子乔治,然后才把伊芙尔还给你。这件事没有商量的余地,如果你不同意,那六百万我也不要了,你就等着给你的伊芙尔收尸吧!"

接下去事情的发展,果然如约翰所料,史密斯不敢拿伊芙尔性命开玩笑,他同意带儿子乔治来交换伊芙尔。约翰于是就命令琼斯驾车,让古里塔和他一起去接乔治,他还特地给琼斯一部早已准备好的无法追查号码的手机,在换了几次地点,确定史密斯没有报警、后面也没有警察跟踪之后,约翰就命令琼斯可以行动了。

琼斯于是就通过约翰给他的这部手机,指挥史密斯将车开到一偏僻处,让乔治下来后将车开走,然后琼斯才将车开到乔治身边,古里塔一把将乔治扯进车里,对乔治浑身上下搜了个遍,确信他身上没有任何可疑东西之后,他们才把他带回藏身之地。

约翰在史密斯手下工作了两年,两年中他从来没有见过乔治,但却无数次在史密斯的办公桌上见过他的照片,也可以说他对乔治已经不陌生了,只是眼前的乔治要比照片上的更高大,更强壮,可惜一双眼睛深陷在眼眶里——纵然医术再高明,爸爸再有钱,也没法给他换一双明亮的眼睛。

此刻,乔治不停地晃动脑袋,嘴里还不断地喃喃自语,好像在祈祷什么。

约翰拿过一根棒球棍,敲敲乔治的脑袋,恶狠狠地说:"知道这是什么吗?棒球棍!你好好给我听着:只要乖乖地听我们的话,就没事儿;如果胆敢有什么行动,我就用这根棍子活活打死你!"

乔治一脸惊恐地说:"你放心,我不会跑,我一个瞎子,想跑也跑不了,反正我爸爸说过了,会尽快把钱给你们的。"

约翰一听,得意得纵声狂笑,他将棒球棍往墙边一放,用铐子把乔治往椅子上一铐,然后长长地吁了口气,叫古里塔将伊芙尔放到大街上去,通知史密斯来接她。

转眼到了第二天晚上,史密斯发来邮件,说旧钞已经全部准备好了,但一定要听听乔治的声音,确定他还活着,才能将钱给他们。约翰当然答应了,立刻让乔治在电话里给史密斯报声平安,史密斯这才放下心来。

约翰其实早就策划好了这次绑架的每一个细节,他接着让琼斯和古里塔去史密斯那里取钱,自己留在屋里看着乔治。

待琼斯和古里塔走后,约翰不知从哪里端来几个酒菜,摆上桌,然后给乔治打开铐子,阴阴地笑着,说:"小伙子,吃点吧,这可是你最后一餐了!"

乔治顿时脸色大变,瞪着一对空眼眶说:"你不守信用?想杀我吗?"

约翰"嘿嘿"冷笑道:"你爸爸不知道我是谁,可我不妨告诉你!就因为你爸爸两年前开除我,老婆一看我失业了,就闹着跟我离婚;我被生活逼得没办法,去抢了一家小超市,结果又被关进了监狱……哼,这一切都是你爸爸造成的,我不杀掉你,怎么能出心里这口恶气?要怪,你就去怪你爸爸吧!"约翰一边说着,一边就从口袋里掏出枪来。

乔治大概是猜到了约翰接下来要干什么，顿时就吓得脸色惨白、浑身发抖。见他这个样子，约翰只觉得心里无比兴奋，不禁仰天大笑起来。可谁知就在这一瞬间，乔治突然扑上来，准确地一把抓住约翰那只拿枪的手，狠狠往桌上砸去，约翰猛觉一阵钻心的痛，手里的枪险些脱手飞出去。

这时候，只见乔治又猛地一低头，准确地把自己的脑袋朝约翰脸上撞去，只听约翰"啊"地惨叫一声，身子就往后倒去。几乎是在同时，乔治一个转身，又准确地抄起约翰靠在墙边的棒球棍，"哇哇"大叫着劈头盖脸朝约翰身上打来，约翰根本来不及躲闪，就闷闷地挨了一棍。他立刻就地一滚，可刚要将手里的枪对准乔治，没想乔治手里那根棒球棍简直就像长了眼睛一样，又准又狠地敲在约翰的手臂上。这回，约翰手里的枪彻底飞了出去，约翰忍着剧痛要扑过去拾，乔治却一个箭步冲上来，一脚把枪踢得远远的，同时又将手里的棒球棍朝约翰身上抡下来。

约翰惊呆了，连滚带爬地就向外逃，可他没逃几步，乔治"哇哇"大叫着又追将出来。

约翰脑子突然一亮：不是都说瞎子因为眼睛瞎了，所以才有一双特别灵敏的耳朵吗？一定是乔治听到自己发出的声音了，才会这么准地一次又一次打到自己。约翰于是就站下不动了，屏住呼吸，不让自己发出丁点儿声响。

这时候，只见乔治依然大叫着冲过来，约翰眼看着他就要从自己身边擦肩而过，心里不由暗喜。可谁想，乔治经过他身边时，突然一个转身，将手里的棒球棍又一次又狠又准地砸在了他的脑袋上。约翰这下躲不了了，只好本能地伸手一挡，只听"喀嚓"一声，他的手立刻就被打折了。

随后，乔治又将棒球棍敲在约翰的膝盖上，约翰痛得跪在地上一动也不能动。乔治嘴里还在大叫着，而且一边叫一边脱下身上的衣服,将它撕成布条,一道一道将约翰捆了个结实,然后从约翰的口袋里找出手机,给警方报了警。

几分钟后,警察赶到了,一举抓获了约翰和他的同伙琼斯和古里塔。约翰知道,这一次的囚禁假期会十分漫长,痛悔之余,他绞尽脑汁也想不明白:乔治明明瞎了眼睛,为什么却能像真的看到一样?

宣判那天,史密斯带着乔治来参加庭审,乔治戴着大墨镜,根本不用史密斯搀扶,像正常人一样,很快就在指定位子上坐了下来。宣判之后,乔治朝约翰冷冷一笑,随后就准备和史密斯起身离开,约翰实在忍不住,突然大喊起来:"乔治,你的眼睛根本就没瞎!史密斯,你这个王八蛋,你他妈的骗我……"

警察冲上来按住约翰,可他仍然狂叫不已。

这时候,只见乔治转过身,笑着来到约翰面前,把墨镜摘了下来,约翰看得很清楚,他的两只眼眶里仍然只是两个黑洞,不由惊呆了。

乔治对约翰说:"实话告诉你吧,我的眼睛确实瞎了,我爸爸没有骗你。但是,你知道蝙蝠和海豚是怎么看见东西的吗?它们用的是'回声定位法'。我也一样!我能用舌头发出声音,再通过回声来辨出物体的位置。难道你在抓到我的时候,对我嘴里不停地喃喃自语不感到奇怪吗?其实那个时候,我就通过回声知道了屋子里面的摆设,还有棒球棍的位置。"

约翰一听,惊得目瞪口呆。

乔治继续说:"我五岁的时候,就已经开始在学校里学回声定位法了,在这方面,我可能是全世界学得最好的盲人。如果你拿到赎金放我走,我想我不敢反抗,但你既然想杀死我,那我就只能跟你一拼了。要怪,只能怪你心太毒!"

(唐雪嫣)

(题图:佐　夫)

生命的交锋

这个故事发生在海外,却在中国大陆广为流传。

据说有个持枪歹徒,在洗劫金铺后,被警察穷追不舍。眼看就要被追上了,这时候正好附近一个小学放学,歹徒立刻冲进孩子群里,一手抱起一个,随后就蹿进学校的一个教室。警察们傻眼了,眼睁睁地看着他把孩子劫持进教室,却不敢开枪。

歹徒向警方提出三个要求:一是提供五百万美金,二是提供一辆汽车,三是把他安全送出国境。

警察局长心里很清楚:解救人质是第一原则。所以赶紧拿起电喇叭向歹徒喊话:"我是这个州的警察局长,你的要求可以考虑,我马上请示上级批准。但目前你必须绝对保证这两个孩子的安全。"

　　歹徒在教室里冷笑："你不给我肯定答复,我就让这两个小孩去见上帝!"

　　局长见歹徒杀气腾腾的样子,决定先稳住他,就对他说:"你给我一个小时,我保证给你一个满意的答复,只要人质安全,什么都可以商量。"

　　教室里沉默了片刻,一定是歹徒在打什么应对的主意。果然不一会儿,他朝局长喊道:"我现在放一个孩子出去,叫他给我拿点水来,如果他一刻钟之内不回来,里面这个孩子就死定了。至于放哪一个出来,你们自己看。"

　　局长一听,立即点头:"好,我和这两个孩子的家长商量一下,马上给你答复。"

　　这时候,校方已经把被劫持的这两个孩子的家长接到了学校。这两个孩子,一个是男孩,一个是女孩。男孩的父亲是当地一家金融公司的董事长,家里非常有钱,他们是开了好几辆轿车来的,除了孩子的父母,爷爷奶奶、外公外婆,全都来了,而且还带来了他们的私人医生。而女孩的父母只是在贫民窟里卖快餐的,得到消息后连干活的衣服也没换,就跌跌撞撞奔到学校,见了这阵势,夫妻俩只会一把鼻涕一把泪地哭。

　　局长让其他人都退下,只留下两个孩子的父母,然后就跟他们商量说:"你们别急,办法总会有的。我在想,等会儿孩子出来拿水的时候,是不是先把五百万给这小子送进去,至少表面上麻痹他一下,可以为进一步制服他赢得尽可能多的时间……"

　　局长话还没说完,男孩母亲就抢着说:"局长,这五百万我们出,你让我们家儿子先出来。"她一边说,一边不放心地把私人医生叫到身边,叮嘱了几句。而女孩的母亲涨红着脸,想说什么,张了张口,又把话咽进了肚里。

　　局长看了双方父母一眼,沉吟说:"也好,先让小男孩出来吧,到时候要把钱送进去,男孩子力气总要大一些。"

男孩的父亲似乎有些不忍,他看了看女孩父母,但事已至此,也只有这么办了。他拿出手机,通知他的秘书马上把钱送过来。

五分钟后,男孩家的钱送到了,局长于是对歹徒喊话:"我们已经准备好了,送水的同时,五百万美金也给你,希望你能够遵守诺言,绝对保证孩子的安全。现在,你可以让男孩出来给你拿东西了。"

现场空气骤然紧张起来,大家屏息静气,连针掉在地上都听得见。

只见教室门缓缓开了一条缝,小男孩被歹徒从门缝里推了出来,可他的一只小手还紧紧牵着另一只小手,当然就是那个小女孩的手了。

歹徒一声断喝:"还不快去?"

小男孩犹豫了一下,手慢慢松开了,只听他对小女孩说:"别怕,我马上就回来陪你!"这声音听起来非常稚嫩,甚至还有些因紧张而颤抖,但此时此刻,却镇住了所有在场的人,尤其是男孩的父亲,脸上的神情显得非常激动。

只见小男孩飞快地朝警察这边跑过来,毕竟是小孩子,他在剧烈的惊恐下腿都软了,一扑到警察怀里就"哇哇"大哭。男孩的爷爷奶奶和外公外婆立刻围了上去,男孩的母亲一把抱起小男孩,"心肝宝贝"地拼命叫着。

而此时,女孩的母亲早已经哭成了泪人。

局长拉过男孩父亲,抓紧时间和他商量下一步怎么行动。这时,就见男孩母亲朝私人医生手一伸,私人医生立刻递给她一瓶已经准备好了的水,男孩母亲搂着男孩说:"宝贝,快,先把水喝了,压压惊!"谁知男孩才喝了几口,头就慢慢垂下去了。警察在旁边看到,一个箭步冲过来,但已经迟了,男孩已经在药液作用下昏睡过去了。

局长和男孩父亲闻声过来,局长朝男孩母亲厉声喝道:"你怎么能这么干?"

男孩母亲说:"你没有权力要求我儿子去送死!我给我儿子喝的是强力催眠水,二十四小时内他不会醒过来。"

女孩母亲一听,疯了似的扑上来:"那我的孩子呢?我的孩子怎么办?"

局长也愣住了:出现这个情况,他根本没有估计到。

男孩的母亲和爷爷奶奶、外公外婆,这时就准备把男孩抱回家去了。可是没想到,一只大手按住了他们。这个按住他们的人,就是男孩的父亲!

男孩父亲神色严峻,坚决地说:"咱们不能让孩子扔下他的同学!就像在战场上,谁也不能临阵脱逃一样。我以前在部队当过兵,在边境上打过仗,我决不能让我的儿子做这样丢人的事情,我们一定要想办法让孩子醒过来!"

男孩的母亲怔住了,男孩的奶奶气得浑身发颤:"你……你想让你儿子去送死?"

男孩父亲的两只眼睛里溢满了泪水,他一字一顿说:"我怎么不爱我的儿子?可如果他醒来以后知道你们所做的一切,他将来会觉得比死还难受。"他坚决地嘱咐开车来的司机:"你把他们都送回去,这里有我。"说完,他抱起儿子,走到局长面前。

可遗憾的是,警医用了各种办法,花了十多分钟也没能让孩子醒来。警医对局长说:"他们刚才给孩子注射的是高级催眠药,至少三个小时之后才能解除药力。"

男孩母亲冷笑道:"现在我总可以带我儿子走了吧?剩下的事情你们找我家律师,要赔多少钱都行。"

只听见"啪"一记响亮的巴掌声响,男孩母亲的脸上留下了五个通红的手指印!

男孩父亲冷冷道:"你有没有想过,你这样做会害死两个孩子？里面的孩子会因此而死,而我们的孩子从此将一辈子抬不起头来,这和让他死去有什么两样？"

这时,教室里的歹徒已经等得不耐烦了,朝外面大叫大嚷道:"你们在玩什么花招？再不把孩子送回来,就别怪我不客气！"

局长只能拖延时间,对歹徒说:"现在出了点意外情况,小男孩由于刚才惊吓过度已经昏过去了,请稍微延缓一点时间,我们正在对他采取急救措施。"

歹徒不相信,一把揪起小女孩,把她拖到窗前,用匕首抵着她的脸,恶狠狠地对局长说:"你们听着,我再等你们一分钟,见不到那小子回来,我就先让她脸上开花！"他一边说,一边举着匕首在女孩眼前乱舞。

女孩母亲吓得失声尖叫起来,小女孩也在教室里吓得"哇哇"大哭,原本相对稳定的局势顿时急转直下。

局长不由皱起了眉头,他立即打开紧急对讲机,请求上级指示。

就在这个时候,小男孩的父亲突然做出了一个令全场所有人目瞪口呆的行动:他一手抱起自己的儿子,一手拎起装着水瓶子和五百万美金的口袋,朝歹徒强占的教室走去。他一边走,一边大声对歹徒说:"我儿子确实是昏过去了,为了表示我们的诚意,我把他送回你这里,你总可以放心了吧？"

歹徒显然是被男孩父亲的这个举动镇住了,一时呆愣在那里,待男孩父亲走到教室门口时,他木然地把门打开,丝毫没有想到要防备什么。

这以后,教室里发生了什么情况,所有人都无法看清,是电视台记者架在对面树丛间的一架摄像机,拍下了这以后的一切:男孩的父亲走进教室,趁歹徒还在呆愣的时候,赶紧把儿子朝角落里一丢,随后一拳把歹徒手里的枪打掉,把女孩夺过来。歹徒直到这时才回过神来,赶紧从腰里又拔出一把火药枪回击,只听"砰"一声,教室里顿时弥漫起一阵硝烟……

紧接着,教室门就打开了,小女孩哭着奔出来,女孩父母欣喜地迎上去抱住她,几乎是与此同时,警察们以迅雷不及掩耳之势冲进教室,在歹徒正准备开第二枪的时候,把他击毙了。但这时候,他们却发现,男孩父亲已经倒在了歹徒的枪口下,而他挡住歹徒子弹的方向,正对着小女孩奔出教室的门口!

男孩父亲就这样离开了这个世界,他的遗体被抬出教室的时候,全场一片肃穆,局长率领全体警察向他默哀致敬,好久好久没有把手放下……

(华登喜)

(题图:谢 颖)

以 柔 克 刚

天下之物,没有什么比水更柔弱的了,但"水能载舟,亦能覆舟"。万物相克相生,能征服刚劲之物的,有时就是最柔软的事物。

"鲍"仇

北宋年间,一天,济宁府颇有名气的运河客栈来了个小伙子,手里抱着个罐子,说是自己有一手祖传熘活鱼的手艺,想在客栈厨房做个下手。

运河客栈的老板姓郝,郝老板一听小伙子这话,心想:自己客栈的招牌菜就是熘活鱼,客栈厨房里的厨师个个是熘活鱼的好手,小伙子来,不会是想偷着学艺的吧?

不过郝老板一向心地善良,正巧客栈也缺个打杂的帮手,他就试探着问小伙子,愿不愿意到客栈来当跑堂。没想小伙子一口就答应了,还倒地就拜,说:"小人名叫海生,从东海府连云县来,小人父母都不在了,流浪到此,身无分文,承蒙郝老板不弃,小人干什么都行。"

郝老板看这海生像是个实诚的人,心里不由生出几分喜欢,于是便决定第二天先让他下厨,试试手艺再说。郝老板把这意思对海生一说,海生感激不尽。

第二天一大早,海生就向郝老板借了渔具,到运河捕鱼去了。郝老板心里非常纳闷:客栈里活鱼多的是,为什么海生非要自己去抓呢?

一晃两个时辰过去了,眼看已日上三竿,海生却没有回来,郝老板认定海生这是骗了渔具一去不来了。谁知他正摇头叹息着,偏偏就在这个时候,海生浑身湿漉漉地一路小跑踏进了客栈的门。郝老板一看,海生手里果真提了一条鱼,只是这鱼并不比客栈里的那些活鱼大,只是运河里一条普普通通的鲤鱼而已。

海生走进厨房,对几个厨师说,他要做一道"醋熘活鱼"。厨师们一听都愣了:活鱼谁不会做呀,这手艺在运河客栈里没什么稀奇。可如果没两下子,这小子刚来又为什么要在他们面前班门弄斧呢?于是便都围过来,想看个究竟。

只见海生很快把鱼洗干净,接着就将它开膛破肚,再拿一块湿布包上鱼头,捏住,在热油里将鱼身滚上两个来回,然后放进盘里,浇上醋汁汤料,端到郝老板面前。

郝老板刚才一直站在旁边看着,特别留心海生的每一个动作,发觉这小伙子好像并没有什么特别之处,这里的厨师每天不也是这么做活鱼的吗?不过郝老板嘴上却先没急着说什么,拿起筷子夹了一口,一尝,味道虽说鲜嫩无比,相当不错,但也不比平时厨师们做的好吃到哪里去,所以心里就不免有些失望。

郝老板让大伙都来尝尝,一个小伙计尝了一口,忍不住推推海生,心直口快地说:"我师傅做的,要比你这好吃多了!"

他这一推不要紧,只见海生一个趔趄,端在手上盘子里的鱼就"呲"地滑落下来掉在了地上,鱼肉被摔碎,只剩一个鱼架子还留着,那根主心骨连着鱼头和鱼尾。

海生轻轻将鱼架子捡起来,可就在这一瞬间,郝老板发现,鱼头上那嘴巴竟然还在一张一合,鱼眼睛竟然还微微发红地在轻轻转动。他顿时惊得目瞪口呆:之前客栈里厨师做的活鱼,再怎么新鲜,顶多吃上两口也就死了,可海生做的这鱼,怎么身上肉都没了,居然还能活着?

海生给郝老板解释说:"其实活鱼做法是一样的,关键在选鱼。我今天捉来的这条是复仇的鱼,这能从它眼睛里看出来,它活着时一定是历经了磨难和冤屈,所以才会死不瞑目,只要头还在,它就不咽下那口气。我在连云县时是个渔民,常常能看到这种鱼……"说到这里,海生的眼睛也像鱼的眼睛一样,微微发红。

郝老板看着海生,沉吟地点点头。

这以后,海生就成了运河客栈里的一名厨师,客栈生意也因为海生的这手绝活更加兴隆。郝老板喜出望外之际,就有意要将自己如花似玉的女儿许配给海生,可海生明知郝老板的好意,却总是躲闪着,似乎有什么顾虑。

俗话说:树大招风。海生这手做活鱼的绝技终于惊动了太白楼,这天,太白楼的李掌柜亲自来运河客栈,请海生去他那儿掌大厨。客栈里的几个厨师都认为海生肯定不会答应李掌柜,他如果去了,怎么对得起郝老板当初对他的提携之恩呢?可谁也没有想到,海生居然非常爽快地一口就答应了李掌柜。

客栈里的人都说海生没良心,可郝老板却连连摇头,他不相信海生会是个忘恩负义的小人,更不相信海生会如此贪图名利。海生走的这天,郝老板特地为他设宴,席上,郝老板拿出十两黄金给海生,海生拼命摇头,说:"背信弃义实在是有我的苦衷,郝老板的恩情,我海生以后一定会报。"说罢,就抱着来时带的那个罐子,走出了客栈。

话说自打海生去了太白楼,楼里的生意真是一天好过一天,那些达官贵人吃腻了旧口味,听说来了个新厨师,都纷纷赶来品尝,知府周不群就是其中一位。

这天,得知周不群要来,李掌柜特意关照海生,让他做鱼时一定要分外上心,周知府是吃的行家,尤其擅吃鲍鱼。李掌柜还关照,菜做好后海生要自己端上桌,周知府要问话的。果然,周不群来酒楼后,点名要吃海生做的活鱼,海生记着李掌柜的话,做好后就自己将鱼盘端了出去。

可令李掌柜惊讶的是,见了周不群,海生竟跪叩道:"东海连云子民海生叩见恩公大人!"

这是咋回事?明明这里是济宁,怎么海生说他是连云子民?周知府怎么会和他有情缘?李掌柜觉得十分好奇。

这时候,别说李掌柜不解,就是周不群自己也很纳闷,他是在连云县当过知县,可是心里清楚自己在当地百姓中没落下什么好名声,怎么就成这小伙子的恩公了?

只听海生说:"恩公在连云县做父母官时,小人尚且年幼,家中贫寒,常常揭不开锅,是恩公您赏了家父一个饭碗。"

"噢?他是……"

"家父就是恩公当年的轿夫老王头。恩公那年到连云县后,新招了二十名轿夫,家父有幸被招,从此吃上皇粮,也因此养活了一家。恩公在上,请受小人一拜!"

周不群没想到自己当初也是为了享乐,却无意中救活了小伙子一家。他心里一高兴,便笑吟吟地叹道:"哎呀,连云县是个好地方啊,尤其是那里的鲍鱼,一枚何止值千金呀,光是那美丽的色泽就让人垂涎三尺,那扑面而来的鲜香,神仙闻着都坐不住啊!说实话,要不是为了朝廷,本官真想做一辈子连云知县,给个宰相都不换啊!"

海生一听周不群这么说,连忙接口道:"恩公,今天是初一,待到十五月圆之际,请恩公大人再来,小人专门为您做一席鲍鱼宴。"

"鲍鱼宴？你能搞到鲍鱼？那太好了，十五晚上我一定来！"

周不群为啥这么说？因为鲍鱼是一种长在珊瑚礁底下的十分名贵的贝类，有养颜明目等功效，但生长却十分缓慢，在内地是很难吃到新鲜鲍鱼的。而干鲍鱼的晒制又非常复杂，精选后要将它们晒干，然后除壳、盐腌、浸洗，再水煮、炭火焙干，最后还要经过两次吊晒等十几道工序。用干鲍鱼来做菜时是要水发的，先用温水浸泡七天，用小刷刷净，放入竹垫底的砂锅中，用小火煨上六个时辰，然后取出浸泡，去掉牙嘴和裙边，换上铜制鲍鱼鼎，加足佐料，用小火煲上两天两夜，方可用于做菜。这一套准备，至少得十天时间。

李掌柜也清楚这些，所以他见海生刚才在周知府面前夸海口说要做鲍鱼宴，就不由替他担心：时间只有半个月，一时到哪里去找干鲍鱼？到时候做不出来，岂不给自己惹下麻烦？所以送走周知府后，他就立刻去找海生，想问个明白。

海生似乎已经料到李掌柜会来找他，没等李掌柜开口，就取出那个他来时随身带的密封罐子，打开封口，捧到李掌柜面前。

李掌柜探头一看，大吃一惊！原来罐子里装的，竟是用蚝油浸泡的十只价值连城的上等鲍鱼。李掌柜不明白：海生一个穷小子，怎么会有这东西？却又觉得不便多问。好歹十五那天的鲍鱼宴有料下锅了，他总算替海生松了一口气。

十五月圆之际转眼就到，知府周不群果然没忘海生答应给他做的这顿鲍鱼宴，他在太白楼直吃到三更时分，才开心地坐着八抬大轿回府。这一晚，他不仅吃到了上好的鲍鱼，还和李掌柜说定，让海生去他府里做大厨。

李掌柜任凭心里一百个不愿意，可嘴上也不敢说半个"不"字。

海生是喜形于色地跟着周不群走进知府大宅的，这一来，他便在济宁城里出了名！说起这名声，一是手上有绝活，二是见利忘义。可不管人家怎么说,海生进了济宁府后就一心一意地伺候起周不群来,三天两头地翻着花样给他做菜吃。

但尽管这样,周不群还是一天比一天恹恹的没胃口。这不是奇了怪了吗?说起来,这跟海生给他做的那顿鲍鱼宴有关。当时海生使出了浑身解数,把每一道菜味儿都做得鲜美无比,周不群吃得又多,所以吃完后一直回味无穷,念念不忘。可周不群不知道,鲍鱼是这样一种东西,你一旦尝了它的美味,时间久了吃不到,就会觉得浑身难受,像丢了魂似的。

这天,海生看周不群浑身不得劲的样子,就小心翼翼地试探道:"大人,最近东海正是出鲍鱼的时节,我愿意专程去为大人采买最好的上等鲍鱼,不知可否?"

这话算是说到周不群的心里去了,周不群哪会不点头?他当即拨给海生银两,还派了两个随从与海生一同前往。

到了东海,海生先找到同乡老王头,打听到东海现任知府是新科状元,很受当今圣上赏识,此人刚正不阿,嫉恶如仇,现在马上就要在东海任职期满,不久就要进京述职,到时候圣上一定会重用他。老王头还说,每月十六是东海鱼市大会,这个状元知府总会亲临鱼市,一来微服私访,探查民意,二来了解市场行情,尤其注意鲍鱼的买卖。因为鲍鱼这种名贵东西,一般只有富商才买得起,若是当官的来买,他就要查个究竟了。

海生一听,顿时喜出望外,立刻就在鱼市上大张旗鼓地宣传,说十六那天鱼市大会上,他将要购买大量上等鲍鱼,只看质量,不问价钱。于是到了十六那天,渔民们便争先恐后地把鲍鱼拿来让海生挑选。海生呢,故意高门大嗓地挑挑拣拣,动作也十分夸张。

这时,一位公子打扮的年轻人朝海生缓缓走来,老王头给海生使了个眼色,海生明白是状元知府来了,便故意当着他的面,挥金如土地从渔民们手里买下了大量上好的鲍鱼。

果然,这位状元知府把这一切都看在眼里,立刻让他的随从向海生施了一礼,询问为何买这么多鲍鱼。海生故意态度十分傲慢地说:"我家大人,不,是我家老爷爱吃,你管得着吗?哼,别说是这些玩意儿,就是买下整个东海,也不在我家老爷话下。"说完,扬长而去。

且不说海生走后,这位状元知府是怎么吩咐随从作进一步打探的。就说海生回到济宁后,周不群见他买来这么多鲍鱼,成色又这么好,开心极了,过后不久,他就把海生聘为自己的大管家。

一晃过去了几个月,这天,皇上派来的钦差到了济宁,海生一看,此人正是在东海见过的那个状元知府,他立刻断定这位钦差是奉旨来查办周不群的。

果然不出所料,钦差到济宁后的第十天,就带兵抄了周不群的家,还在城门口贴出告示:

> 查原济宁知府周不群贪赃枉法,奢侈成性,祸害百姓,判斩立决。
> 罪民周府大管家海生助纣为虐,判斩监候。

原来,状元知府当时派随从一直跟踪海生到济宁,打听得买鲍鱼的正是济宁知府周不群的管家,而且周不群平时贪赃枉法,生活奢侈至极,当地百姓提起他,无不怨声载道,于是在任职期满、进京述职时,就向皇上奏了一本。皇上得知大怒,即刻命他为钦差大臣,到济宁进一步查办周不群,如果证据确凿,立加严惩。

周不群被斩那天,济宁府家家放鞭炮庆贺。可郝老板却为海生的安危着急,虽然海生没有答应做他的上门女婿,可在郝老板心里,海生就如同自己儿子一样,他始终相信海生是有自己苦衷的。就像海生会看鱼的眼睛一样，郝老板也会看海生的眼睛。

郝老板思来想去，便跑到大街上去拦钦差的官轿喊冤。钦差连夜重审海生，海生这才将事情的前因后果一一道来。

原来，海生的父亲以前并没有在衙门里做过事，他只是当地一个普普通通的渔民。当年因为周不群喜欢吃鲍鱼，大厨就逼着渔民们下海去捕捞，不少渔民因此葬身海底，海生的父亲也是因为实在捕捞不到鲍鱼，被周不群关进大牢的。周不群说除非用十只鲍鱼来换，否则就不放人，当时只有十三四岁的海生为了救父亲，只好冒险跟乡亲们下海，所幸没有空手回来，海生就拿着十只鲍鱼去见周不群，谁知他父亲这时候已经在牢里被折磨死了。

海生流干了泪水之后，便把这十只鲍鱼做成鲍鱼干，装进罐子密封起来。当初是鲍鱼杀死了父亲，海生发誓，他一定要用这十只鲍鱼来杀死周不群，为父亲报仇。

海生这次千里迢迢离开家乡连云县来到济宁，就是为了找周不群报仇的。可是自古以来官官相护，民告官难于上青天，一个平民百姓要扳倒知府大人是何等的困难，海生绞尽脑汁想啊想，这才有了后面的故事……

听罢海生这番述说，钦差当场就把他放了，海生于是又回到了运河客栈。至于和郝老板女儿成亲的事，这是后话，不提。

(胡纪军)

(**题图：黄全昌**)

我要紫砂碟

清咸丰年间,济南府城里有个姑娘,叫张小咩,芳龄二八,聪明伶俐,长得也俊。张小咩娘死得早,她和老爹张铁匠相依为命,虽然日子过得清贫,倒也平安快乐。

可是你想平安快乐,有人不干啊。谁不干? 就是城西孙财主家那个无恶不作的二公子孙二咧。

话说这一天,张小咩上街去买绣花的丝线,走着走着,碰上无所事事的孙二咧,左手托一鸟笼,右手提一酒壶,敞着胸,歪戴着帽,两边跟着家丁赵甲和赵乙,正耀武扬威地在街上耍威风。

孙二咧看到张小咩,眼珠子差点蹦出来了,一边惊叹着:"世上竟有如此美人儿?"一边就向赵甲、赵乙打听:"这个俏佳人儿是谁家的?"当听说是城东张铁匠的闺女张小咩时,他大嘴一咧,当街便嚷道："这小娘们我娶定了！"

被孙二咧看上了还有个跑？第二天，孙二咧就叫赵甲和赵乙到张家提亲去了。

赵甲和赵乙敲开张家的门，放下两副担子，对张铁匠说："明天我家孙少爷要来娶亲，这是彩礼。"说罢，转身就走。

张铁匠吓了一跳，再一看，两副担子，四个大筐，前面两个筐里装满了铜钱，后面两个筐里装满了鸡鸭鱼肉，其中一个筐上面还摆着一把雪亮的菜刀。

这个姓孙的！他这不明摆着是告诉张铁匠：这事儿你同意也得同意，不同意也得同意。

张铁匠顿时又慌又发愁，倒是他闺女张小咩抿着嘴巴想了一会，说："爹，你去把左邻右舍都喊来，咱把这些铜钱和鸡鸭鱼肉都分给他们，顺便请他们明天来喝喜酒。"

张铁匠一听，吓坏了："你真要往火坑里跳？"

张小咩微微一笑，凑近张铁匠耳朵，如此这般说了一番，末了还安慰说："放心吧，爹，肯定没事儿的。"

第二天，孙二咧一伙吹吹打打地来张家接张小咩了。只见孙二咧神气活现地骑在枣红大马上，胸前还挂着大红花，旁边是八人抬的大花轿，后面跟着十二个家丁，真是好不威风。

到了张家门口，孙二咧居然装模作样地下马，朝张铁匠一抱拳："爹，我来接小咩过好日子去了。"

谁想张铁匠竟一抱拳："儿子，里面请！"

孙二咧本也就是做做戏而已，没想张铁匠竟叫他一声"儿子"。我这儿子岂是你这个穷光蛋随便叫的？孙二咧气得直翻白眼，心里火得够呛。

可是有什么办法？老丈人叫女婿一声"儿子"，表示没把他当外人，像亲生骨肉一样对待，说得过去啊！所以孙二咧尽管心里不痛快，脸上却只能堆着笑，进了屋里。

张小咩正披着红盖头坐在床沿，孙二咧赶紧走上去说："娘子，走吧，早去我家，早入洞房。"说着，就要来拉张小咩。

不想张小咩身子往旁边一闪，轻声对孙二咧说："早晚都是你的人，别急嘛！"说完，起身就往屋外走。张小咩这一声娇嗔，把孙二咧甜得够呛！

可是刚走出两步，张小咩突然停住了，说是差点忘了带一样东西走。孙二咧问是什么，她说是紫砂碟。

孙二咧一听，"扑哧"笑出声来："你去了我家，别说是紫砂碟，你就是要紫砂锅、紫砂房，我都能给你弄来。"

可是张小咩却朝孙二咧摇头，说："你有所不知，我们家这个紫砂碟可不一般，放一枚铜钱进去，能变两枚铜钱出来；放一个金元宝进去，能变两个金元宝出来。"

孙二咧一听，哪里相信："既然有这么好的东西，那你们家怎么还会这么穷？"

张小咩给他解释说："你不知道，我们家这个紫砂碟属雌性，只能年轻男子来用它才会显灵。我爹年纪大了，我又是女流之辈，所以这宝物就一直埋在我家后院，没去用它。不过话说回来，我家其实也不穷，你肯定知道我爹已经把你送来的彩礼都分给邻居们的事了吧？我家要真穷的话，我爹怎么舍得把这些东西都分了？"

孙二咧被张小咩这话说糊涂了，想想好像也有些道理，于是就点点头。

张小咩便朝孙二咧笑笑，说："现在我出嫁了，当然要带走这个紫砂碟，我爹说，以后就可以由你来用它了。"

孙二咧将信将疑："真是这回事？这紫砂碟你们真把它埋在后院了？"

张小咩肯定地点点头。

张二咧问："那你们埋了多深？"

张小咩说:"大概一尺来深吧。"

孙二咧一拍大腿:"那好,赶快挖,挖出来把它带走!"

孙二咧心里想的是:管它是真是假,反正挖一尺深的坑也就一炷香的工夫。于是就唤来赵甲,说:"听你少奶奶吩咐,赶紧挖坑去!"

张小咩指点赵甲先去后院把那口大铁锅掀了,然后往下挖一尺深,还嘱咐说要悄悄地挖,不能出声,挖到了东西就赶紧送来。

一会儿,赵甲从后院跑回来,对张小咩说:"少奶奶,挖一尺深了,可是什么也没挖到。"

张小咩直摇头:"不可能!"她问赵甲,"挖的时候,你说话了吗?"

赵甲说:"左邻右舍都围着看,我能不说话吗?"

张小咩立刻不高兴了:"我不是吩咐过你,挖的时候不能出声吗?"

赵甲愣住了。

张小咩转头对孙二咧说:"我家这个紫砂碟通人性,挖的人一说话就把它给吓住,它就躲深了,还得再挖三尺。"

孙二咧一听,冲着赵甲破口大骂:"你这个笨蛋,你叫上赵乙,你们一起去,给我挖快点!"孙二咧心里琢磨着:反正再挖三尺,应该也费不了多长时间。

果然没一会儿,赵甲就跑回来了,却一脸焦急,说:"少爷,少奶奶,又挖了三尺深,都挖出水来了,可还是什么也没挖到。"

张小咩问:"这回说话了吗?"

赵甲摇头。

"咳嗽了吗?"

赵甲还是摇头,可突然又像想起什么来,惊叫道:"咳了!赵乙咳了一下。"

没等张小咩开口,这回孙二咧抢着喊起来:"这不就是出声了么!"

他转过头去问张小咩:"这回又躲多深了?"

张小咩轻声说:"估计又躲了一丈深。"

孙二咧立刻一蹦三尺高,再一次大骂赵甲:"去,你让那些家丁和轿夫都赶快去给我挖!都挖到这程度了,要是不挖,先前的功夫不都白费了吗?"

可谁料,等赵甲第三次从后院回来,还是说什么东西都没有挖到。

孙二咧于是就有些不耐烦了,问张小咩:"你是不是在骗我啊?"

张小咩就问赵甲:"有人说话吗?"

"没有。"

"有人咳嗽吗?"

"没有。"

"有人放屁吗?"

赵甲浑身一哆嗦,哭丧着脸争辩说:"我放了一个,干活这么累,我早上又多吃了几个韭菜包子……"

孙二咧一听,心里那个气啊,转头问张小咩:"这回又得躲多深了?"

张小咩说:"十丈深。"

孙二咧差点没气成哮喘:我的娘,这得挖一年了吧?

这时,眼看着天都快黑了,孙二咧急着要入洞房,就跟张小咩商量,能不能先把她接走,紫砂碟过几天再回来挖。

张小咩点点头,说:"其实,有一个不用再挖就能得到紫砂碟的办法。"

孙二咧一听大喜,立刻催张小咩快说。

张小咩道:"这宝物一连受了三次惊吓,怕躲得还不止十丈深,硬挖可能挖不出来了。不过,如果家里的男主人——现在当然就是你了——你只要朝它高喊三声'我要紫砂——碟',记住,一定要和我一模一样地喊,它听到了就会自己跑出来的。"

孙二咧这下可来气了:"既然只要这么喊几声它就能自己出来,那你怎么不早点让我喊它?"

张小咩委屈地说:"刚才咱不是不想告诉别人嘛,这一喊,可不就让邻居们都知道咱家有这宝物了?唉,事到如今也只能这样了。"

孙二咧决定照张小咩说的去试试,都下这么大功夫了,不去试真是太可惜了,况且这一试,也就能知道张小咩到底有没有骗自己了。

张小咩叮嘱孙二咧:"记住,你千万别跟别人说你是专门在挖紫砂碟,人家若是问,你就说,你这是想为我爹做件好事,给他打口井的。估计赵甲他们现在肯定挖出一口深井了,你就说你找人算过,谁出的主意挖井,这井就能照出谁将来的时运。你就说,你现在是去井边照时运的。"

孙二咧嫌张小咩啰唆:"我才不信能照出什么时运来!"

张小咩说:"没让你信,不就是骗骗旁人嘛,别让他们知道你是去喊咱家宝物去的。"

孙二咧不解:"可我只要开口一喊,他们不也听见了?"

张小咩说:"所以你尽量把嗓子喊破,喊得越破越好,他们就听不清楚了。还有,你一定要照我教你的这么喊,'我要紫砂——碟',记住了吗?"

两人于是来到后院,赵甲他们还在挖,果然已经挖成一口深井了。孙二咧摆摆手,让他们歇手别再挖了,然后就按刚才张小咩教的,跟周围看热闹的人说,他因为想看看自己将来的时运,让他们避一避。邻居们于是就都出了院子,在门外等着。

这时,张小咩就捅捅孙二咧,提醒他和正从屋里出来的老爹打个招呼。孙二咧于是就大声对张铁匠说："爹,等我看好时运,就喊你。"

张铁匠一边往院门外走,一边说："知道了,我的好儿子!"他粗门大嗓地高声应着,引得站在门口的那些人一顿爆笑。

这时候,后院里安静下来了,孙二咧趴在赵甲他们挖的深坑边,拼命探头朝下看,好像也看不出什么名堂来,于是就撅起屁股,按刚才张小咩教的,扯着嗓子喊起来:"我要紫砂——碟!我要紫砂——碟!我……"

他第三声还没喊完呢,张小咩站在他后面,照着他的屁股就是一脚,孙二咧立刻就掉进坑井里去啦!

不过,这个孙二咧真是命大,竟被闻声赶来的赵甲给救了上来。张铁匠心想:这下糟了,这个姓孙的家伙以后肯定会报复,没想孙二咧虽然没死,脑子却被摔傻了,每天只会歪着个脖子流口水,问他以前的事他根本记不清,更别提张小咩怎么忽悠他了。

可孙二咧虽然傻了,他爹孙财主不傻啊!孙家当然不肯善罢甘休了,孙财主叫人写了一张状纸,把张铁匠和张小咩父女俩告上了公堂,罪名是:图谋杀死孙二咧。

升堂那天,知府把张家左邻右舍找来,问他们:"孙二咧为什么要挖那口井?"

邻居们说:"他当时对我们说过,他要孝敬张铁匠。"

知府再问:"既然他做的是好事,那为什么又要你们回避呢?"

邻居们说:"他说,那口井能照出他将来的时运,他怕我们看到。"

知府觉得挺好奇:"他当时还说什么了?"

邻居们说:"他当时还说,等他照好时运了,就会喊爹。"

"那他后来喊了没有?"

"喊了呀，喊得可响了，喉咙都哑了。"邻居们一边回答，一边就学孙二咧当时的腔调，喊给知府大人听，"'我要自（紫）杀（砂）——爹（碟）！我要自杀——爹！'"

知府一听，想了想，说："你们都是张家的邻居，一面之词不可偏信，我得再问问别人。"

知府传来孙二咧手下的赵甲和赵乙，问道："你们听到当时孙二咧喊什么了？"

赵甲和赵乙在堂上不敢胡来，只好老老实实把当时孙二咧的喊话学说了一遍，知府一听，果然和刚才邻居们说的一模一样。

孙财主和他的几个儿子平时作恶多端，知府早就看不顺眼了，可孙家在当地财大势大，知府不敢对他们下手，这次好不容易来了机会，怎能错过？于是把眼一瞪，冲孙财主说："你家二少爷为尽孝道，给他岳父爹挖口井，他这是在给自己积德呀！至于他要自杀，一准是照出自己的时运糟糕，这才要走绝路。可这也是没办法的事呀，时运是天数，谁也逃不过的。不过，二少爷是个心地善良的人，他这么扯着嗓门喊，不就是想要让邻居们都听到？他肯定是怕你以后会冤枉张家父女，他要拼尽全力来证明他们父女俩的清白。哎呀，孙财主，我劝你还是想开些吧，二少爷现在虽说成了傻子，可傻总比死了好吧？真要知道自己将来时运不济，还有什么活头？换你，你也会这样啊！"

说完，知府一拍惊堂木，对堂下大喝道："好，本案真相大白了，张氏父女，当堂释放。退堂！"

（周海亮）

（**题图**：黄全昌）

三十年河西

　　红杏是一个贫苦农民的女儿，那年才十六岁，天生丽质，如出水芙蓉一般，却不料被恶霸财主王大牙看中，非要娶她做小老婆不可。

　　红杏爹娘死活不肯把女儿往火坑里推，竟被心狠手辣的王大牙叫人毒打致死。紧接着，王大牙就连哄带逼，硬是把红杏抬进了府里。那一天，王府张灯结彩大摆宴席，唢呐震天，鞭炮齐鸣，闹得方圆几十里都鸡犬不宁。

　　可怜红杏身陷魔窟，被禽兽般的王大牙百般凌辱，她心里想着死去的爹妈，整日以泪洗面。这天深夜，王大牙喝罢酒跌跌撞撞地回来，躺在床上烂醉如泥，红杏好不容易逮着这机会，慌忙从高墙下的脏水沟里逃了出去。

红杏在遮天蔽日的老林子里走了一天一夜,心惊胆战,又饥寒交迫,终于昏倒在一棵大槐树下,正巧一个叫"草上飞"的女匪首从这里经过,就把红杏驮在马背上带回了匪巢。

红杏无家可归,于是就当上了土匪,跟着草上飞学打枪学骑马,只几年时间就练就了一身双枪好功夫,弹无虚发、百步穿杨,有勇有谋,声名远扬。不久在一次土匪间的火并中,草上飞身中数弹,当场毙命,众土匪就拜红杏为"大柜",红杏从此成了这一带的匪首。

当了大柜之后,红杏决意要杀王大牙报仇雪恨。只是王府墙高院深,又有坚固的炮楼,家丁众多,红杏带着一帮手下打了几次,都难成功,反倒是伤了好几个兄弟,气得她把牙咬得"咯咯"响。

王大牙呢,这时候也急了:红杏当上了匪首,还会有自己的安生日子过?于是他整日里心惊胆战、如坐针毡,后来见红杏攻了几次都无功而归,这才渐渐定下心来:看来这臭娘们也就这么点本事了。

可是忽然一天,家丁来报,说是有几个人在挖王家的祖坟。王大牙闻言大怒:"是谁吃了豹子胆,敢来我们王家头上动土?"

王大牙挎上盒子炮就要去祖坟地上看,儿子福来拦住他说:"爹,现在那帮胡子正在抓你,你出去太危险,还是我去吧!"

王大牙一想也对,就嘱咐福来说:"那你就多带些人,快去快回。"

福来带了十几个家丁,操着家伙,急匆匆到了坟地,可还没缓过气来,周围草丛里忽然齐刷刷跳出几十号人来,手里全操着家伙。福来一看吓傻了,身子还没动弹,人就被对方用麻袋套住了头,摁倒在地上。跟着来的十多个家丁一见这阵势,顿时吓得屁滚尿流,撒腿就逃,那伙人倒也不追,只是像抬猪一样地把福来抬进了林子。

再说那些家丁们逃回王府,向王大牙一禀报,王大牙这才明白过来;这一定是红杏在给自己使计。他顿时吓出了一身冷汗:幸亏我没去,要不然,被麻袋套头抓到山上去点天灯的,就是我了!至于儿子福来被绑架,王大牙没有太多担忧:既然红杏要抓我,不是我儿子,最后无非是多花点钱消灾就是了。

第二天,为土匪"跑道"的"花舌子"来了。那花舌子一见王大牙,就喜笑颜开地说:"给老爷报喜了!"

王大牙压住怒火问道:"人都抓去了,还报什么喜?那臭娘们到底要多少钱?快说!"

花舌子道:"我家大柜一分钱都不向你要,还给你送来了一千块大洋。"

王大牙愣住了:"胡说,她怎么会给我钱?"

花舌子笑着说:"我家大柜看中了你家少爷,要留他做压寨爷们,少爷也答应了,他俩昨晚已经圆了房。这一千块大洋,是我家大柜送给你的见面礼。"

"什么?"王大牙一听,气得差点吐血:红杏是我小老婆呀,现在居然和我儿子圆房,这……这成何体统?他真想把这个送消息来的花舌子一枪崩了,可崩了他也成不了什么事呀!再说,自己以后想给福来传个话什么的,不还得靠他?

没办法,王大牙只得压下满腔怒火,让手下把花舌子送出门去。

很快,王大牙小老婆和王大牙儿子成亲的天大笑话传开了,王大牙恨不得一头扎进地缝里去,他因此大病一场,而且一病就是大半年,求遍远近名医,最后总算治好了。眼看自己的六十寿辰就要到了,王大牙决定好好办一场寿宴,给自己冲冲晦气。

寿宴这天,王府张灯结彩,喜气洋洋,宾客来了不少,王大牙端坐在太师椅上,接受着一拨又一拨人的祝福。

谁知正在兴头上时,那个花舌子又来了,怀里还抱着个褓褓。

他凑到王大牙跟前，阴阳怪气地说："老爷，恭喜了，你家少爷和我家大柜给你生了个胖儿子，我家大柜说了，山上条件不好，让我把孩子抱府里来养……"

花舌子油腔滑调地说着，在场的宾客都忍不住捂着嘴巴偷笑，那王大牙大病刚愈，哪里经得住这番刺激？急火攻心，难以自持，双眼直瞪，脸色死白，只见他喉咙里"哦"了几声，突然身子往后一倒，一命呜呼了。

喜事办成了丧事，王府里顿时哭声一片，王大牙的棺材停放在院子当中，家里人跪在地上，一把一把地给他烧纸钱。

正在这时，突然从外面冲进一个人来，披头散发，衣衫褴褛，扑在棺材上就嚎啕大哭。大家一看，这人竟是福来！

王大牙的大老婆冲着福来骂道："你这个没良心的，你爹是活活被你气死的，你怎么不在山上逍遥了？你现在竟然还有脸回来？"

福来一把眼泪、一把鼻涕地说："我逍遥什么呀？我没被他们整死，就算是命大的了。"

"你……你不是和红杏这个臭娘们成亲了吗？"

"成亲？成什么亲呀，他们把我拴在山洞里，不是灌辣椒水就是坐老虎凳，还把我……把我给……阉了呀！"

三十年河东，三十年河西，老话说得一点不错哇！

（张国心）

（题图：安玉民）

绝 钓

麻三是远近闻名的钓鱼高手,那天,他正在水塘大堤上晒太阳,村里一个叫四丫的姑娘急匆匆走过来,对他说:"麻三,求你帮个忙好吗?"

麻三问她:"什么事?"

四丫说:"求你帮我把'保长塘'里的老鲇儿去逮了。"

麻三钓鱼的本事没得说,可他觉得挺奇怪:"干吗非要去逮保长塘里的老鲇儿呢?"

四丫低声道:"保长死后,他的魂就附在那条老鲇儿上,成精了呢!"

说起这个保长塘,麻三知道它的来历。保长塘其实就是村口的那个大水塘,村里人洗衣、淘米都到塘边来,用的都是塘里的水。三年前,保长看上了四丫的姐姐二丫,二丫杨柳腰、卧蚕眉,保长早想把她占为己有,只是苦于没有机会,后来趁着国民党扩军,保长就把二丫的丈夫抓去当壮丁,他就趁机整天盯着二丫,借各种机会往她家里跑。

这年夏天的一个晚上,天气出奇地热,二丫实在忍不住,就趁夜深人静时去塘边脱了衣服下水洗澡。保长早盯上二丫了,他紧跟着也脱衣服下水,硬是把二丫给污辱了。

保长完事后爬上岸来,心满意足地往地上一躺,二丫呢,受了欺负还不敢喊,只得哭哭啼啼地上岸。

可就在这时候,突然就听见保长一声惊叫,二丫回头一看,只见保长正被一条从塘里蹿出的老鲇儿往塘里拖。二丫吓呆了,眼睁睁地看着老鲇儿把保长拖下水,只挣扎了几下就没了影。

二丫好半天才回过神来,吓得拼命朝村里逃,大喊"救命"。村里人闻声出来,弄明白咋回事后,就去塘边看,后来把保长从水塘里打捞起来时,保长已经被老鲇儿咬得血肉模糊地断了气。

二丫因此吓疯了,那口塘后来就被村里人叫作了保长塘。

说来也怪,那塘里的老鲇儿真像是附上了保长的魂,从此只要有女人到塘边来洗衣洗菜,它就会游过来,舔手舔脚地调戏她们,一副色迷迷的样子,村里人都恨死了它。

二丫的妹妹四丫也被那老鲇儿舔过几次,联想到姐姐的悲惨遭遇,四丫就发誓非除了这家伙不可,所以就来找麻三了。

麻三明白了原委,想了想,就问四丫:"我要是逮着这家伙了,你怎么报答我呢?"

四丫爽快地说:"那我就嫁给你呗!"四丫知道麻三喜欢她,所以才这么说。

麻三一听乐坏了:"这话可是你先说的!那好,咱们一言为定,你可不能反悔啊!"

四丫朝麻三点点头："当然一言为定！小狗才反悔。"

麻三虽然嘴上答应了四丫，但他心里清楚，要逮住保长塘里的那条老鲇儿谈何容易！保长生前是鬼精灵，死后就更是精灵鬼了，哪会轻易上钩呢？

为此，麻三做起了充分的准备。他买来粗麻线和大铁钩，又买来一大块牛肉，用酒泡过后放在太阳下晒，很快，这块牛肉在一大群苍蝇的围攻下发出了难闻的臭味儿，麻三就把它切成一小块、一小块，分一半挂在大铁钩上，抛进水塘。

麻三是想用这些臭牛肉来引诱那条老鲇儿上钩，可他在塘边整整等了一天，就是不见麻线上的浮标有任何动静。这真是奇了怪了：难道这狗日的保长老鲇儿成神了，它真的不来上钩了？

第二天又等了一天，还是没有任何动静。麻三急了，怎么样才能让这条老鲇儿上钩呢？他猛想起保长那好色的眼睛，心里突然就跳出个主意来，于是立刻把铁钩收起，跑回家翻箱倒柜一阵，找出几块爹娘当初一直没舍得花留给他的大洋，进城去一家妓院，找了一个小姐。

麻三对那小姐说："我用你一天，要多少钱？"

小姐朝麻三瞥瞥眼，说："最少三块大洋。"

麻三一狠心，点下头来，把小姐带回村里，让她坐在水塘边上，说："你只要坐这，把脚伸进水里就行了。"

小姐觉得莫名其妙："你这是要我干啥呢？"

麻三说："你不用管，到时我付你大洋就是了。"

小姐不愿意："你不说清楚，我就不伸脚。要不，你先把大洋给我！"

麻三愣了愣，但马上就爽快地从口袋里掏出三块大洋，给了小姐，小姐于是便不再吱声，乖乖地脱了鞋，把脚伸进塘里去了。

麻三重新再把大铁钩抛进塘里，他想：狗日的保长这下该上钓了吧,老子还为你花钱请来女人了呢。可谁知过了一阵,麻线上的浮标只是轻轻动了一下,就没了动静。过了一阵,那浮标又只是轻轻动了一下,又没了动静。如此三番五次,等最后麻三把大铁钩拉上来时,只见上面挂的臭牛肉已经全没影儿了——被老鲇儿给吃了个干干净净。

麻三气啊,简直气得半死! 不过,他不甘心自己就这么败下阵来,想了想,又把剩下的那些臭牛肉挂上大铁钩,抛进塘里,然后对小姐说:"委屈你一下,这塘其实不深,你下去站在水里,向前走几步,我加你一块大洋。"

小姐一听吓坏了:"不行,我从小就怕水的,我才不下去呢!"

麻三给她壮胆说:"要不我在你腰里拴根绳,万一你站不住,我就马上把你拉上来?"

小姐看麻三好像还是个挺正经的人,为了四块大洋,她决定豁出去试试,便就小心翼翼地下到塘里,往前走了几步,果然如麻三说的,这塘并不深。

可这时候,塘里还是没有一点动静。

这时候,眼看天快要黑了,小姐不由慌了神,站在水里朝麻三嚷嚷起来:"大哥,我可没得罪你啊,你让我在水里泡老半天,算啥事呀?"

麻三没了办法,只好让小姐上来,又掏出一块大洋给她。

小姐觉得麻三挺实诚,便谄媚道:"大哥,你……要是想做……那事儿,我愿意的。"

麻三朝她一瞪眼:"你走吧!"

麻三一个人静静地站在塘边,心里沮丧极了:保长不上钩,四丫就成不了自己媳妇,这可咋办? 这狗日的保长,活着时那么好色,变成老鲇儿了还要舔女人手脚,可这会儿怎么就不上钩了呢? 他到底心里在想什么?

麻三琢磨了老半天,突然背转身,匆匆去找四丫,说:"四丫,我没福分娶你,这老鲇儿逮不着了。"

四丫一听急了:"你麻三都逮不着老鲇儿,谁还能逮着呢?"

麻三于是便凑到四丫耳边,说:"保长太狡猾了,除非用一样东西,兴许还能逮着他。"

四丫忙问:"什么东西? 你快说!"

麻三朝她嘀咕了一阵。

四丫脸红了:"能行么?"

麻三说:"只有这办法了。"

四丫于是便咬咬牙,进屋去把东西拿了来,递给麻三,麻三接过就走。

第二天,麻三胸有成竹地来到水塘边,把准备好了的几样东西往大铁钩上一挂,抛进塘里。只一会儿工夫,麻线上的浮标颤动起来,紧接着就猛地往下沉。麻三一看,心中大喜:这回保长果然上钩了!

但是保长并不轻易就范,还在水下暗暗和麻三较着劲儿,把站在塘边正手拉麻线的麻三拉得东倒西歪。麻三火了,一把脱下背心,把它绞在麻线上,两只手拼命使劲,终于把这条保长老鲇儿拉出了水面。

猜猜此时保长老鲇儿嘴里咬着什么? 一只老母猪的奶头,还有一条女人的大红裤衩。

(桂忠阳)

(题图:黄全昌)

刁蛮子收费

祝福是竹林村有名的刁蛮子,偷鸡摸狗,吃喝嫖赌,样样在行。但就是这样一个歪料,村主任居然派他专门负责清收全村各家拖欠的各种摊派费。村主任说:"马有失蹄,人有失足,党的政策历来就是不能歧视有错误过失的青年.给祝福点事儿做做,也是人尽其才,发挥他专长嘛!"

其实谁都知道,村主任的真正用意不在这里。

也难怪,这几年,竹林村上缴提留款的任务一直完成不好,在全乡总是排在倒数一二位,搞得村主任在乡里老是抬不起头。眼看今年提留款的上缴期限又要到了,这道关怎么过哪? 村主任想破了脑壳,也没想出好办法来。这天,他在村头撞见祝福又在跟人打架斗殴,心里"突"地一亮:何不利用这小子的刁蛮劲儿,为村里的清收工作打开局面?为了调动祝福的积极性,村主任还给了他一个许诺:若是任务完成得好,可以适当给予奖励。

这一来,祝福的积极性就被大大调动起来了,他不负村主任厚望,上任一个星期就大显才干,一些老拖欠提留款的"堡垒户"、"钉子户",不得不"缴械投降"。祝福的办法很简单:三句好话抵不上一个耳光。问三声不缴,就眼睛一瞪封门拿东西,什么生米熟饭、老鸡婆、细猪儿都要,谁敢抵挡,拳脚相加。

以往,竹林村每年的生猪费都是按养猪户据实收取的,可不养猪的人家难道就不吃猪肉了?所以祝福认为,这生猪费该按人头收取,一大早,他就挨家挨户地上门点卯。

那些胆小怕事的,见了祝福大话不敢说半句,荷包里能抠出现钱的,当场就颤抖抖地将钱数了出来;确实抠不出的,就鸡啄米似的给祝福点头说好话。祝福也不含糊,当场让对方打出欠条,写明缴款期限。对那些三十六计躲为上、锁门闭户不照面的农户,祝福也有办法,他把追缴加罚通知往这家门上一贴,老子不在找儿子,婆娘不在找闺女,总而言之死活要钱,哪家胆敢不接受,他酒盅眼一瞪,袖子一挽,就来硬的了。

就这样,祝福胡搅蛮缠地搞了一上午,看看日头已到正午时候了,他肚子里唱起了"空城计",于是便三转二转来到村东头一家竹铺里。

开竹铺的祝四老汉和祝福是本家,祝四老汉和他老伴都已年近古稀,两个儿子早就各自成家立业。祝福踏进竹铺门,一股大蒜炒肉的香味直往他鼻子里钻,他顿时馋得直咽口水。

要换上别人,见了祝福准是一笑三点头,可祝四老汉却压根儿就不理他。祝福知道祝四老汉十岁学篾活,一生走州下县跑江湖,见过大世面,如果用对待别人的办法来对待他,肯定行不通,于是就挤出笑脸说:"我呀,是无事不登三宝殿,今天是上门服务,收生猪费。嘿嘿!"

可祝四老汉愣是连半句客套话也不给祝福，只顾揭锅吃自己的饭，把祝福晾在一边。

这下祝福气得眼睛就挪了位，忍不住把桌子一拍，吼道："祝老四，你先把饭碗给我放下，把生猪费缴了！"

祝四老汉朝他眨眨眼睛："生猪费？什么生猪费？"

"你别给我装糊涂！按人头算，你们两个老家伙，一人一头，每头三十八元，一共七十六元；你老大家四口人，一百五十二元；老二家三口人，一百一十四元。三家合起来，一共是三百四十二元！"祝福一边嘴里连珠炮似地报出账来，一边手里就"刷刷刷"开好了收据，一掌拍在祝四老汉的饭桌上。

祝四老汉朝祝福一哼鼻子，说："笑话！你是刚从天上掉下来的？你不晓得我和老大、老二分开过已经有七八年了？他们的钱你找他们要去。再说了，我和老太婆两个今年都七十了，我们从来没养过猪，还缴哪门子生猪费？"

祝四老汉没请祝福一块儿上桌吃饭，祝福心里正窝着火呢，一听祝四老汉这席话，如同火上浇油，乌黑的脸上酒疙瘩一跳一跳的，抬起腿来一脚将饭桌旁一只空竹凳踢得在地上直打转。

他一拳头擂在饭桌上，骂道："你今天还给我耍嘴皮子？我告诉你，没门！儿子是你养的，你们又没有脱离父子关系，他们打工去了，这钱不找你当老子的要，我找谁要去？哼，亏你还说得出口你没养猪，哪条法律规定不许你养猪了？就是不养猪，猪肉你吃不吃？你今年不养猪，明年养不养？明年不养，后年养不养？哼，对你们这种不养猪的懒汉，就是要用这个办法来逼你们。这叫什么你知道吗？我告诉你，这就叫'逼你致富'！"

看看，歪料居然能把歪理说得头头是道。可姜就是老的辣嘛，祝四老汉就是沉得住气，他不理祝福，一张大嘴"呱呱呱"地把那大蒜肉片嚼得喷香。

祝福窝不住这个气了，鼻子里连打了几个"哼哼"，手一抬，一桌子菜碗"乒乒乓乓"全掉在了地上。"我告诉你,祝老四,"祝福气汹汹地说,"今天这生猪费你要不缴,我就把你的铺子砸烂!"他一边咬牙切齿地说着,一边就把那只空竹凳举在了手里。

这时候,正好祝四老汉的老伴从女儿家回来,一看这个架势,吓得赶紧上来一把抱住祝福,哀求说:"哎哟,福伢子哩,你千万别跟这死老头子一般见识。你是撑四方伞、吃八方饭的,宰相肚里能撑船,你有气有火,就往我老婆子身上发好不好?"

其实,祝福也是"猴子吃柿子——找软的捏",他刚才嘴里喊"砸",眼睛却也斜着祝四老汉,见老头子"叭"甩了手里的筷子,两眼喷火,一副拼命的架势,心里便虚气直冒,现在老太婆进门就求他,他马上"跛子拜年"就地一歪:"那好,看在你的面上,铺子今天我就不砸了,不过你们得抓紧时间赶紧把生猪费缴了。"

打那以后,祝福只要去竹铺要钱,祝四老汉的老伴就总是给祝福戴高帽子,好话、甜话一说一大箩,而祝四老汉却把眉头皱成个雀窝窝,脸冰着,眼瞪着,再不就是举着把篾刀故意在祝福眼前晃。祝福想发火又不敢发作,只好一次次地空跑。

后来祝福灵机一动:与其自己这样跑来跑去收不到钱,还不如让他们以物抵钱把这事儿了了算了,哪怕就是收点油盐柴米也好呀。于是他便连夜拉开广播,东扯葫芦、西扯瓢地讲了一通大道理,最后表示,只要村民以物抵钱,而且自觉上门缴的,就可在原有的欠费额上减免一半。

这一招还真灵,第二天大清早,祝福还在床上躺着哩,门就"咚咚咚"地响个不停。他爬起来,下楼去开门,一看,来的是祝四老汉。

祝四老汉一改平时的冷漠,此刻眉毛胡子都带着笑:"唉,大侄子,你要是早说以物抵钱,我早给你了。这不,我现在拖了一板车货来,若是照价算只多不少。哎呀,多了就多了,大侄子如果记得的话,明年收费时高抬贵手照顾照顾我们就行了。"

祝福一听祝四老汉这番话,把眼睛往他身后的板车一扫,只见板车上的货物装得鼓鼓突突的,上面盖着蛇皮袋。祝福心里连连叫好:"这个犟老头总算服帖了。嘿,这下就不怕其他几家欠费户治不服啦!"

祝福正要去看看祝四老汉板车上装的是什么东西,这时他楼上的电话铃响了,祝福对祝四老汉说:"你等会儿,我上去接个电话就来。"

不料,等祝福接完电话下楼,祝四老汉已经走了。祝福探头一看,简直气得要吐血,原来客厅里靠墙一溜摆着八个大花圈。

"祝老四,你这狗儿的,敢咒老子?"祝福边骂边就追了上去,扯着祝四老汉的衣领子就骂:"你这个老不死的,看我不揍扁你!"

祝四老汉头一犟:"咋的,大清早就撒酒疯?"

祝福瞪着两只眼珠子说:"你安的什么心?你送这玩意儿来,不是咒我么?"

"咒你?"祝四老汉冷笑一声,"你凭什么说我咒你?用花圈抵咋不行?'以物抵钱,而且自觉上门缴的,就可在原有的欠费额上减免一半',这话可是你自己说的!今年年头上我扎了十个花圈,卖了一年只卖掉两个,剩下这八个,一个三十元,八个三八二百四十,抵你说的一半欠费,不是还多了六七十元吗?再说,你现在用不着花圈,可留着明年用吧?明年不用,后年用不用?你祝福总有一天要用花圈的吧,是不是?"

祝四老汉说罢,拖着空板车一步三摇地走了,边走嘴里边哼着他自编的小调:"腊月里来雪花飘,乱收滥要真可恼,八个花圈抵了费,不知明年要不要,不知明年要不要……"

也不知祝福听没听清,傻愣愣地呆在那里,像个木头人。

（韩进林）

（题图:魏忠善）

找个笨蛋帮忙

许冬进城半年多,在一个建筑工地当临时工,他做梦都想着自己什么时候能发一笔大财。

这天早晨,许冬在工棚附近一家早点铺吃早饭。正吃着呢,就听旁边有人在打手机,说:"丽丽,下午三点,我让小王开车送你去银行,你给我取十五万回来。"

哇,咋有这么多钱呀?许冬忍不住回过头来,一看,打电话那人原来认识,是一家建材公司的老板,许冬曾去那家公司应聘过,但人家嫌他不勤快,才干了两天就把他给开了。而且,这老板刚才在电话里提到的那两个人,许冬也都认识,丽丽是公司的出纳,小王是给老板开车的司机。

吃完早点,许冬从铺子里出来,走在回工地的路上,他心里还念念不忘老板在电话里说的那十五万。整整十五万哪,要是自己有了这笔钱,哪还用再当什么临时工了啊! 这么一想,许冬满脑子就被这十五万缠上了,甩也甩不脱。

想到后来,许冬脑子里就想歪了,想成了"怎么可以把这十五万拿来"。

许冬觉得,要将这十五万弄到手并不是什么难事。他对那家建材公司周围的环境很熟悉,到时候只要骑一辆摩托车等在公司门口,等丽丽从银行拿钱回来下了小王的车,自己就冲上去,抢了钱就跑。至于跑的路线,那就更简单了! 许冬知道离公司不远有一条小巷子,因为旧区改造,巷子里的居民都动迁走了,一家没留,加上巷子里又七弯八拐的,自己只要骑着摩托车冲进巷子,人家就很难追上来,即使报警,等警察赶到时,自己早出巷子了。那里是城乡结合部,到时候自己只要将摩托车一扔,包管谁都找不到。

这么一盘算,许冬觉得这个计划完全可行,于是就决定铤而走险干一回。他去一家修理摩托车的小店,花八百块钱买了一辆旧得不能再旧的无证摩托车,又买了一顶头盔,往头上一罩,谁都认不出来。

为了做到万无一失,许冬还专程悄悄去实地进行了一次演练。他先到建材公司门口,然后骑着摩托车拐进小巷,巷子里真的一个人也没有,七拐八绕就到了城乡结合部,一看表,五分钟也用不了。

许冬心里很得意! 不过,他立刻又想到一个问题,心头不由一紧:警察追不上自己,可如果小王开车追上来呢? 巷子虽然窄,但小车还是能过的呀,要是被小王追上,可就麻烦了。看来还得找个人帮忙,把小王和他的车拦住。

找谁帮忙呢? 许冬眼珠一转,想到了柱子。

柱子和许冬在同一个建筑工地干活,因为小时候患过脑膜炎,留下了后遗症,有点傻,是全工地脑子最笨的一个,很好糊弄。两个月前,柱子被一辆小车撞上,医药费花了一大堆,可肇事司机至今也没找到,柱子正为这事生气呢。

许冬于是便去工地找到柱子,故作神秘地对他说:"柱子,我找到撞你的那个司机了。"

"在哪儿?"柱子立即跳起来,"我去找他赔我医药费。"

许冬一看柱子果然好骗,心里偷着乐,表面上却说:"别忙,别忙,我好不容易才帮你找到的,这回咱得谨慎点儿,要是让那司机又跑了,你的医药费可就要不回来了。"

柱子一听连连点头:"那你说怎么办?我听你的!"

许冬装模作样地想了半天,便将柱子带到建材公司附近那个小巷的拐角处,叮嘱他说:"撞你的司机每天这个时候都会开着小车经过这条巷子,你就守在这里,只要一看到小车过来,你就跳出来拦住他,找他要钱就是了。"

柱子听话地点点头。

许冬又叮嘱柱子:"你千万要记住,他撞过你的,万一他发现你在这儿,他就不敢过来了。所以你得先躲在拐角里,等他把车开到你面前时再跳出来,这样才拦得住他。"

许冬这样对柱子说是有目的的,他心里盘算的是:既然巷子这么小,到时候小王开车追进巷子时,柱子突然跳出来拦他,车与人近在咫尺,小王纵有天大本事一时也难避开,如此一来,不就给许冬逃脱赢得了时间?再说,小王这一撞,就是不把柱子撞死,也得把他撞昏,柱子脑子本来就不好使,再被这么一撞,他哪里还讲得清楚是谁指使他拦车的。而许冬只不过是工地上一个临时工,把钱抢到手之后拍拍屁股就可以走人。

可话说回来,柱子虽然傻,危险还是知道的,许冬刚把话说完,他就担心地问:"我要是拦不住他咋办?他不会再撞我吧?"

"他敢?"许冬一眼看到拐角根沿墙堆着很多砖块,那是人家拆房后还没来得及运走的,他指指砖块,对柱子说,"他要是敢不停车,你就拿砖块砸他!"

柱子一听,一看,立即捡起一块砖在手上掂掂,不住地点头。

一切布置妥当,许冬放心了,于是转身就往外走。

柱子在后面喊:"你去哪?"

许冬糊弄他说:"我去巷子那头,等他进了巷子,你在这边拦着,我在那头堵着,他就逃不掉了。"

柱子一听,乐得直拍手。许冬这才走了,骑了摩托车,戴上头盔,去建材公司门口等着。

三点过一刻,小王果然开车来了!车在公司门口停稳后,身材娇小的丽丽就拎着个袋子从车上下来,不用说,那袋子里装的就是那十五万块钱了。许冬于是稳稳神,"轰"一声将摩托车发动起来,猛地冲上去,就在与丽丽擦身而过的刹那间,他伸手一把将丽丽手里的钱袋子拽过来,然后加大油门就朝那条小巷子里冲。

他听到丽丽在他身后惊慌地大叫:"抢劫了!抢劫了!"他心里冷笑一声:"你叫吧,叫破喉咙也没用!"

就在快要拐进巷子时,许冬从摩托车的后视镜里看到,小王果然开车追了上来。许冬心里很为自己事先的筹划得意:你追吧,柱子在前面等着你呢,看你能追得上我?

许冬开着摩托车在巷子里七拐八拐,没一会儿,就到了柱子守候的那个拐角地方,许冬得意地一拧油门,摩托车飞一般地冲了过去。可让他万万没有想到的是,他驾驶着摩托车刚拐过弯,猛一下就愣住了:怎么凭空多出一截半人高的墙,将路封死了?

许冬要刹车,但已经来不及了,只听"咚"一声,他连人带车朝那堵墙撞上去,人一下子就从摩托车上飞出来,飞到了墙的那一边,然后重重地摔在地上。与此同时,他听到自己骨头断裂的声音。

许冬想爬起来，可挣扎了几次，都没能办到。这时他才发现，柱子正躲在墙边，惊恐地看着他。

许冬气坏了，冲柱子嚷嚷道："你干吗呢？这堵墙是怎么回事？"

柱子慌慌张张地给许冬解释说："我怕那个司机又会开车撞我，我……我不敢拦他，所以……所以才想了这个办法，垒一堵墙，他的车……他的车开不过去，他也就跑……跑不了了！"

真是笨人用笨办法！

唉，许冬心里悔啊！千错万错，就错在自己居然找了这么笨的一个人来帮忙。许冬不但浑身上下痛，此刻心里更是一阵钻心的痛。

这时，小王的车已经追上来了，远处，还传来了刺耳的警笛声……

（方冠晴）

（**题图**：黄全昌）

强 弱 难 分

在所有的力量中,人心的力量最强大,也最难控制。强者之所以是强者,因为他们善于掌控人心。当强者两两相遇,会发生什么惊心动魄的事呢?

三斗太湖盗

　　王二常是苏北姜堰裕通粮行的老板,那天,他带着一队粮船,过长江来到苏州观前街米市,趁卸米的工夫,去玄妙观剃头铺里剃头。剃头铺对面是苏州一家有名的钱庄,剃头师傅其实是钱庄老板特地设下的耳目,只要闻得外面一丝风吹草动,剃头师傅就马上会去给钱庄老板报信。

　　话说这天,王二常刚踏进剃头铺里坐下,剃头师傅就让徒儿来替他解开长辫,细梳轻洗。巧的是正在这时,突然有两个童子在剃头铺门前的街上打起架来,只见一个童子拿盆子捧着桐油,一个童子拿笆斗捧着石灰,两个童子一打开架,他们手里的桐油和石灰就统统被撒泼在了路面上。好心的路人见这两个童子你揪我扭各不相让,越打越凶,闹得不可开交,就分别给了些碎银,硬是把这两个童子打发走了。

王二常此时正迎门坐在剃头铺里,正好把这一幕看得清清楚楚,他忍不住连笑三声:"哈哈……哈哈……哈哈……"

剃头师傅觉得奇怪,问他:"王老板,您笑什么?"

王二常笑而不答。

剃头师傅一看,连忙把徒弟支走,亲自操刀为王二常剃起头来。

王二常瞥了剃头师傅一眼,自言自语道:"今夜三更,对面钱庄要出事啊!"

剃头师傅一听,又见王二常出言不凡,料定他是江湖中人,所以丝毫不敢懈怠,赶紧找了个借口去对面钱庄密报。

钱庄老板闻得此言大惊失色,急忙过来拜会王二常,并邀王二常去钱庄坐,又是敬烟又是上茶,还设下丰盛宴席款待。

钱庄老板恭恭敬敬地向王二常求教:"听说先生料定小店今夜要出事,不知为何原因?能不能告知一二?"

王二常觉得钱庄老板待客热情,盛情之下有心相救,便点拨说:"把桐油和石灰拌和后撒泼在路面上,那痕迹即使下大雨也冲不掉,这不明显是在为太湖黑盗夜里行劫选定目标吗?"

钱庄老板一听,顿时吓得脸色惨白,"扑通"一声就跪在了地上,求王二常无论如何帮帮他。

王二常心想:不如好事做到底吧。于是赶紧把钱庄老板扶起,让他陪同把钱庄里里外外查看了一遍。王二常发现,钱庄老板最重要的两部分财产:一是货库,在正堂西屋;二是金银珠宝,在正堂的东屋。

王二常便对钱庄老板说:"今晚你只管放心睡觉,只需在正堂安排两桌酒席,在每张酒桌的角上各放五十两银子便可。"

钱庄老板自然立刻安排手下去办。不过,王二常说让他晚上尽管放心睡觉,他哪里睡得着呀,一直悄悄躲在后堂听动静,而王二常则大模大样地坐在正厅两桌酒席间的一张椅子上打盹。

这天夜里月黑风高,约摸到了三更时候,王二常突然听到正堂屋顶上一阵瓦响,知是太湖强盗来了。果然,只一会儿工夫,正梁上瓦被揭开,一个贼人口衔五寸尖刀,从梁上倒悬着探进身子来向下窥看。贼人见堂屋里摆着两桌酒席,桌角上放着包裹,一个老者正低着头在那儿打盹,便悄无声息地一个跟斗从梁上翻下来。可谁知他没走几步,王二常抬起手指对着他胸部一点,他便立刻像木雕般立在那里不动了。外面屋顶上的那帮贼人这时候哪知屋里的动静,还以为先前下来的那个贼人挺顺利,于是便像一窝老鼠似的,后面人用手抓住前面人的脚,一个接一个地从揭开屋瓦的梁上倒挂下来,先后下来了十四个。

王二常技艺真是了得,他悠悠地坐在那里不动身子,贼人下来一个他点一个,最后,那十四个贼人统统都被他施了点穴功,像泥塑木雕似的,或站或倚或坐或蹲或仰或趴,全都动弹不得。

最后出现的,是太湖贼首三太子。他见十五个弟兄下来一点声响都没有,就倒悬在梁上向下探望,这一望,他惊呆了:不好,遇到高手了!三太子于是从梁上下来,朝王二常翻身便拜:"请问先生尊姓大名?"

王二常这才动了动身子,说:"老朽王二常乃姜堰人氏,以粮行为生。"

三太子赶紧拱手施礼:"久仰!久仰!"

王二常给三太子让座,又施展点穴功,十五个贼人这才一一醒来。王二常邀三太子上座,其余弟兄分两桌坐下。

三太子双手抱拳,给王二常打起了招呼:"今夜对老前辈多有冒犯,万望恕罪!"

王二常摆摆手,说:"弟兄们如此兴师动众,也着实辛苦,老朽略备水酒为各位洗尘,另备纹银四百两奉送,聊表心意吧!"

众贼痛饮一场,又得了银子,个个满心欢喜。临别时,三太子邀王二常三日内到太湖三山相聚,王二常欣然答应。

众贼走后,钱庄老板从后堂走出来,对王二常千恩万谢。

王二常说:"贼人邀我去太湖三山相聚,其实我是去也死,不去也死。所以我有一事相托,若是七日内不归,请老板安排我的粮船回姜堰,并告知我家人。"

钱庄老板听王二常这么说,连连点头,唏嘘不已。

第二天,王二常果真手执雨伞去了太湖。三山在烟波浩渺的太湖中就像三只浮起的青螺,王二常站在湖边发现,去三山既无桥又无船,而要越过湖去,自己又实在差点本事。怎么办?

王二常正在湖边徘徊,忽然从前面小树林里走出一个十岁小童,在湖边悠悠地拾地上的瓦片,然后将它们一片一片地向湖中扔去。王二常开始没注意,后来一看,不觉暗暗称奇!只见那瓦片一片跟着一片,"嗤嗤嗤"地紧贴着湖面直往三山飞去。王二常心里不由一个激灵,立刻打开伞,借着湖面上吹过的风,脚踩瓦片来到了三太子的山寨。

此时,只见山寨门紧闭,门外分两排站立着手执刀戟的壮汉。王二常一看,没有丝毫犹豫,赤手空拳地迎着这些壮汉就冲了上去,顷刻之间,壮汉们手里的刀戟就被王二常纷纷击落在地,而三太子这时候也突然出现在了王二常的面前。

三太子请王二常入寨,王二常发现,那寨门是用两块千余斤的大石头做的。三太子这是有心在为难王二常,但王二常有何等大的气力,三太子哪里知道?

那次王二常从姜堰到黄桥,想坐独轮车,问车夫能否推得动他,车夫说:"姜堰到黄桥来去二百里,我就是推两头二百斤的肥猪,不吃早饭也可以打个来回。"王二常一听不吱声,可他往车上一坐,那车夫却怎么也没法把车推动起来,再一看,车轮子此时竟陷进泥里半尺多深。车夫头上的汗立刻像黄豆般一串串地往下滚,最后只听"喀嚓"一声,连车轴都断了,车夫还是没能把车子推动起来。

王二常有这样的功夫,眼下这两扇石头寨门又怎能奈何得了他呢!果然,只见王二常伸出两根手指,只轻轻一碰寨门,那门就被推开了。众贼人看在眼里,惊得连连后退。

如此一来,三太子不得不对王二常佩服有加,可他还是心有不甘,于是便请王二常在寨子大堂入席吃饭。其实说是一个"吃",实际上他还是想探探王二常到底有多少功夫,所以刚开席,他只说了声"请"字,就操起一把五寸尖刀,将盘里一块二寸见方、烧得半生不熟的肉一戳,"嗖"地往王二常脸上飞去。

说时迟、那时快,只见王二常丝毫没有怯意,他面色不改,"咔"一声,一口就把刀尖给咬在了嘴上,将肉吞下后,又用舌尖"啪"一声,那把五寸尖刀就往酒桌旁的廊柱上飞去,深深地插在了上面。三太子一连飞了五把尖刀,王二常"照单全收"不说,吃完了,还把尖刀飞插在了大堂不同方向的廊柱上。

王二常有如此了得的功夫,自然就成了太湖贼首三太子的眼中钉、肉中刺。此人不除,三太子今后还怎么能够在太湖称王称霸?于是,三太子就不让王二常走了,让手下贼人把他关进了岛上的一个屋子里。

这屋子四周都是用铁板做的,屋顶离地面有一丈多高,用一根根比手臂还粗的石橼子间隔而成。此时,屋子四周已经堆满了干柴,三太子准备在夜半时分点燃干柴,把王二常灭了。

王二常细细打量这个屋,发现自己若是想逃命,只有从屋顶出去,而这样的话,至少得拿掉五根石橼子。可这么粗的石橼子,怎么拿呢?用头去撞?

说起王二常的头顶功夫,倒也是远近闻名。一次王二常去剃头,剃头师傅夸自己的剃刀削铁如泥,王二常听在心里,等到剃头师傅开始操刀时,便悄悄运起功来,他的头发便立刻一根根倒竖,似铁钉一般,剃头师傅连换五把刀,把把都卷了口,这才知道自己夸下的海口惹恼了王二常,慌得连忙赔罪。

现在,为了逃出虎口,王二常决定就用自己这头顶功夫试试。他纵身猛一跳,头碰到屋顶,果然撞断了一根石椽子,不由心中大喜,于是又猛一跳,又撞断了一根石椽子。就这样,王二常一连跳了五次,一口气撞断了五根石椽子,终于逃出了屋。

王二常一鼓作气逃出苏州,逃回到了姜堰。他心里清楚,自己这次差点丢了脑袋,全是因为在剃头铺里说的一句话坏了事,所以从此潜心经营粮行,再不多管闲事。

王二常想息事宁人,可三太子却不肯放过他。三太子也是做事精细之人,为了摸清王二常的底细,他派了几个弟兄去姜堰探访。

这年九月,正是新稻上市之时,姜堰王二常粮行河口的码头上,突然来了一只卖粮的大船,那船上的老大将一只五百多斤重的铁锚用脚尖从船上挑起,只轻轻一碰,铁锚竟像皮球一般被抛到了半空中。这个船老大,就是三太子派来摸王二常底的。

王二常粮行里的一个老家人,此时正在码头边劈柴,那铁锚往下落时,他伸手轻轻一接,就把铁锚接在了手里,随后又轻轻一挥手,那铁锚上的链子就被绕在了码头的石柱上。老家人的这一番功夫,引得岸上观看的人连声喝彩。

这时候,三太子派来的那个船老大已经从船上走了下来,一直到走近劈柴的老家人时,他才发现老家人刚才其实不是用刀劈,而竟是用自己的手掌在劈柴。船老大不由暗暗吃惊,他再往前走几步,又看到王二常粮行里的一个小童在砍毛竹根,也不用刀,而是用手将毛竹根像撕香蕉皮一样一条一条撕下来。

船老大马上就意识到:王二常如今更不好对付了,连他的家人都这么厉害,他怎么可能会被轻易制服? 自己得赶紧回去向三太子禀报,不做好充分准备,万万下手不得。于是,他借口和粮行生意谈不拢,立刻让手下人收锚开船。

临行时,船老大对劈柴的老家人拱拱手说:"明年三月三,庙会再会!"

这个老家人当然不是吃素的,早把船老大的行踪看在了眼里,料定他就是三太子派来打探的,所以船老大的粮船一开走,他就把前前后后经过向王二常细细禀报。

王二常一听,在心里对自己说:"退一步海阔天空,若是以后再在这些人面前争强好胜,不定会惹下什么大祸来呢!"这么一想,他便心生一计。

话说到了第二年三月三庙会这天,三太子果然带了五十多个喽罗来姜堰,扬言要血溅王家。可他又忽闻王二常突然暴病而死,已烧头七,只是棺材还未出殡。三太子对此将信将疑,便乔装成和尚,穿着袈裟,备了丧礼,前往王家奔丧。

来到王家,三太子果见府里唢呐哀鸣,钟磬呜咽,门厅内外孝幔高悬,桌椅都用白布缠裹,穿孝服的人进进出出,一片悲哭之声。三太子自称是苏州西园寺和尚,又是王二常的旧友,他围着王二常的棺木走了一圈,假惺惺地哭道:"我的好兄长,我来迟了一步!"一边哀哭,一边伸出手来,用隔山打牛的功夫朝棺材盖上不停地拍着,一副伤心欲绝的样子。

三太子以为,躺在棺材里的王二常此刻被他这么拍,肯定粉身碎骨。可他哪里料到,王二常根本就是在做戏引他上套,哪里是什么暴病而死,放在棺材里的其实只是一块裹着红被的长条石,不过此刻已经被三太子拍得粉碎。

王二常躲过这场灾难,全靠老家人和小童等众人鼎力相助。为求得从此平安无事,王二常第二天就带着他们离开姜堰,隐姓埋名,远走他乡。

据说,王二常后来还是继续做他的老本行,而且这家粮行后来还成了沟通苏北和苏南最大的米市。

（缪荣株　搜集整理）

（题图:黄全昌）

杀你个回马枪

　　明朝末年,苏浙交界处的金牛河上有一伙盗匪,为首的名叫洪三,年纪四十出头,苏州人氏,瞎了一只右眼,人称"独眼洪三"。

　　这天午后,有手下人来报,说是有一条官船正从南边驶来,独眼洪三立刻让手下做好劫船准备。到黄昏时分,果然有一条官船徐徐而来,洪三只一声唿哨,盗匪们的小船立刻箭一般的从溪塘射出,刚靠拢上去,独眼洪三就箭步飞上官船,猛吼一声:"谁是船主?出来答话!"

　　独眼洪三话音刚落,就见从船舱里走出一人,神情肃然地质问道:"光天化日之下,竟敢抢劫官船,难道就不怕王法吗?"

　　独眼洪三瞥他一眼:"王法?什么王法?我就是王法!来

人,给我把他绑起来!"

"慢着!"站在船头上的船老大这时接腔走了过来,拦住独眼洪三说,"好汉,这位是曹大人,今天租用我的船辞官回乡,你们要什么我自然管不了,但曹大人一向清廉,还望你们手下留情,不要伤及他的性命。"

独眼洪三冷笑一声:"清廉? 吃水都这么深了,难道船上装的东西还少吗? 哼,你们休想瞒过我!"

他朝手下一摆手:"给我搜!"

看着盗匪们在船上角角落落地搜个不停,曹大人朗声道:"我曹某一生为官清正廉洁,对得起天地神明。我实话告诉你们,这船上只有银子三十两,要是不嫌少,你们尽可以拿了去。"

果然,盗匪们搜了半天,只从舱里搜出两箱衣物、三箱书籍和一把雨伞,银子真就只有三十两。除此之外,就是舱底堆了一堆石头,舱里挂着一只鸟笼,笼里有一只鸽子。

独眼洪三盯着那只被关在笼子里的鸽子看了好一会儿,问:"你们在舱里放这么多石头干什么?"

船老大回答说:"好汉,因为曹大人没带多少东西,船太轻,直在河里打转,没法前行,我这才出主意让搬些石头到舱里,增加重量,把船稳住。曹大人就是因为太清正廉洁,朝中那些权贵对他看不顺眼,这才不得已辞官回乡的,还请好汉高抬贵手!"

独眼洪三听罢,这才恍然大悟,于是抱拳向曹大人深施一礼道:"大人,都怪我粗野莽撞,冒犯了大人。几年来,我们劫官船无数,船上装的不是金银珠宝,就是古玩玉器,大人如此清贫,真乃两袖清风! 我洪三有眼无珠,还请大人恕罪。"

曹大人忙扶起独眼洪三,说:"壮士所为也是迫不得已,曹某为官多年,深知百姓疾苦,如今,曹某志在回老家苏州卖红薯而已。"

"大人是苏州人?"独眼洪三愣了愣。

曹大人答:"正是! 我老家就在苏州望亭西街上。"

"噢?"独眼洪三浑身一震,"不知大人可否认识一个叫曹世植的?"

曹大人惊喜道:"此人正是家父,可惜已于十年前病故。壮士认识家父?"

"什么? 曹世植是你父亲?"独眼洪三的脸色顿时变得铁青,十分吓人。

看着独眼洪三脸上的变化,曹大人心里顿时一惊:"你是……"

独眼洪三一字一顿道:"洪谦的儿子洪三!"

曹大人闻言如雷轰顶,脸立刻变得惨白。

原来二十五年前,曹大人的父亲曹世植与独眼洪三的父亲洪谦同在朝中为官,但两人一直不和,后来曹世植官做大了,便在皇上面前屡进谗言,害得洪谦不但被罢官,还被株连九族。那年洪三才十六岁,在一个老家仆的帮助下冒死逃出来,这才捡得一条小命。从那以后,为了躲避朝廷追捕,洪三咬牙戳瞎了自己的右眼,他发誓一定要替全家报仇雪恨,没想此时此刻仇人就在眼前。

独眼洪三的眼睛里顿时射出一股咄咄逼人的杀气,令曹大人不寒而栗。

曹大人"扑通"一声跪在独眼洪三面前,说:"壮士,常言道'父债子还',家父害得你家破人亡,今天要抓要斩我任由你了!"

"罢了,罢了!"独眼洪三一伸手,拦住了曹大人。好一会儿,他冷冷地说,"既然如今你父亲已死,我们之间的恩怨就一笔勾销。你走吧! 从这里到苏州,一路畅通无阻,再也不会有盗匪来拦你们了。"

曹大人一听,感慨万千:"壮士,你……"

独眼洪三跳回自己的小船,朝曹大人拱拱手:"一路保重,好自为之！"

曹大人站在船头，目送独眼洪三他们远去，这才摸出手帕去擦额头上豆大的汗珠。

船老大探过身子，对曹大人说："大人，好险呐！"

曹大人冷笑一声："想跟我玩？还嫩了点！管家，立即把笼里的鸽子放了，通知后面船队加速前进，今晚一定要通过此地。"

子夜时分，就见后面七八条满载着金银珠宝的大船相继驶来。可就在这时候，一声哨音突然划破寂静的夜空，紧接着河面上灯火通明，不知从哪里飞出十几只小船，拦住了这些官船的去路，只见独眼洪三站在打头的那只小船上，手上的钢刀在火光映照下杀气腾腾。

见此情景，曹大人吓得一连倒退了好几步。

独眼洪三靠上曹大人的官船，"哈哈哈"一阵大笑："曹大人，戏演得不错呀！这回，你还敢对天发誓说自己是清正廉洁的吗？"

曹大人手指着独眼洪三："你……你……"他"你"了半晌也没再说出一个字来。

独眼洪三忍不住又是一阵开怀大笑："想知道我为什么会杀回马枪的吗？是你关在笼子里的那只鸽子泄的密。嘿嘿，别人可能以为它只是一只观赏鸽，但这骗不了我这个喜欢鸽子的人！我知道，这种雨点鸽是世界上最好的信鸽之一，你把鸽子放出去的时候，我便派人把它截获了，之后又放了它，这才能在此恭候曹大人哪！"

曹大人一听，愣了半天，一头栽倒在了船头上……

（燕　子　供稿）

（题图：黄全昌）

宠物疗法

　　阿峰大学毕业后南下淘金，几个月折腾下来，碰得头破血流。

　　眼瞅着吃饭都要成问题了，这天阿峰闷闷不乐地走在去人才市场的路上。突然听到"啪"一声响，凌空摔下个东西，骨碌碌滚到跟前。阿峰定睛一看，原来是一只缩成一团的小乌龟，不知为什么被人从楼上扔下来。阿峰看小乌龟腿上系着一根红绳，顺手就把它提起来，拎着走了。

　　阿峰在人才市场上等得无聊，就将小乌龟放到地上，看着它慢腾腾地爬来爬去，倒也挺解闷儿。他正出神地看着，不远处突然一阵骚动，只见人们"呼"一下纷纷往两边闪去，原来有一个疯癫老头正一路歪斜地跑过来。

阿峰正要躲开去,谁知这疯癫老头跑到正在地上爬的小乌龟面前,竟意外地收住了脚,惊喜地蹲下身来,两只眼睛直盯着小乌龟看,脸上露出了孩童般的天真。

阿峰正奇怪这老头是怎么回事,这时候,一个气喘吁吁、满脸是汗的中年男人跑过来,一看到老头脸上的表情,愣住了,等发现老头原来是饶有兴趣地在看这个小乌龟在地上爬时,他似乎是明白了什么,一把抓住阿峰的手连声道谢,还对阿峰表示,无论出多少钱,这只小乌龟他都买定了。

原来,这疯癫老头是这中年男人的老爷子。老人退休之后脾气逐渐变得乖戾暴躁,最近甚至日益疯癫起来,家里谁都对他没办法。刚才趁家里人不注意,他竟自说自话跑出来了,没成想一只不起眼的小乌龟,竟能对他起到这么大的镇定安抚作用。

中年男人硬塞给阿峰一张百元大钞,然后就陪着他的老爷子捧着小乌龟走了。望着父子俩远去的背影,阿峰突然脑中灵光一闪:我何不开家另类宠物专卖店呢? 对有精神障碍的人进行宠物疗法,对症卖宠物,利用宠物不同的特点和脾性来为他们进行精神治疗,这不是积德和双赢的事吗?

阿峰说干就干,倾其所有买来蝈蝈、乌龟、壁虎、小白鼠等各类玩物,"峰峰另类宠物店"就这么正式开张了。没想生意还真不错,崇拜蝙蝠侠的少年娃喜滋滋地来买黑蝙蝠;追寻另类的年轻人挑走了无毒蛇;甚至一个搞科研成癖的退休科学家,也到阿峰的宠物店里来买走了一对可爱的小白鼠。

这天傍晚,阿峰正数着钞票乐翻了肚皮呢,门一响,进来一个人,自称姓钱,是个老板。

钱老板苦着脸对阿峰说:"听说你的宠物疗法很灵验,快给我老婆治治吧,我都快要被她折腾死了。"

原来,钱老板在外面包小三的事被他老婆知道了,打翻了醋坛子的老板娘一哭二闹三上吊,吵得钱老板焦头烂额。后来,钱老板索性破罐子破摔,要和老板娘离婚,可不料就在要办离婚手续的节骨眼上,老板娘被查出得了轻微精神病。根据有关规定,钱老板再要想离婚,就必须先治好老板娘的病,可钱老板跑了好多家医院,花了无数钞票,也没把老板娘的病治好,这才慕名找上了阿峰,想用他的宠物疗法试一试。

阿峰于是跟着钱老板来到他富丽堂皇的家,看到客厅的沙发上坐着一个神情呆滞的中年女人,正咬牙切齿地在用手中的苍蝇拍狠狠抽打着一个金发碧眼的洋娃娃,洋娃娃的衣服上赫然写着"小三"两字。

阿峰猜测这一定就是老板娘了,急忙给她递过去一只装着小乌龟的玻璃缸,想借助乌龟的平静安详来安抚她的内心。谁知老板娘一看到这只小乌龟,竟"啊"一声惊叫起来,然后就疯了似的扑上来,甩手把玻璃缸掀了,还朝滚落在地上的小乌龟又踢又打,恨不得一口咬死它才好。

钱老板一看老婆这个样子,急得朝阿峰两手一摊,不知怎么办好。

阿峰却转着眼珠对钱老板笑道:"你放心,我有一样东西,保管能治你老婆的病。"

第二天一大早,阿峰就提着一个小铁丝笼子来登钱老板家的门了。钱老板一看阿峰拎在手里的东西,忍不住笑了起来。这个阿峰也真能整!原来他手里提着的小铁丝笼子里,关着一只长相酷似狐狸的狐狸犬,身上还穿着一件花里胡哨的衣裳,脖子前挂着的牌牌上写着:我是狐狸精,我有罪。

阿峰将小铁丝笼子递给老板娘,认真地说:"我把狐狸精关起来给你送来了,任打任罚都由你,怎么出气都行!"

老板娘一看,眼睛亮了,当即就挥起手中的苍蝇拍,对着这只铁丝笼子胡敲乱打起来,嘴里叫着:"我打死你这个狐狸精!我打死你这个狐狸精!"

笼子里的狐狸犬吓得上蹿下跳，"哇哇"乱叫，老板娘却乐得哈哈大笑。

钱老板悄悄把阿峰叫到一边，不放心地问："这法子能管用吗？"

阿峰说："你就放心吧！昨天她为啥看到小乌龟那样恨？这是因为有人给她戴了绿帽子，她一口气憋在心里出不来，现在让她把这口气发泄出来，就好了。"

钱老板听了长叹一声："也罢，只能死马当活马医了。"

那只倒霉的狐狸犬在钱太太的百般虐待下，只勉勉强强活了两个星期就死了，它最后是死在钱老板面前的。经过这番折腾，老板娘心中郁闷的块垒似乎烟消云散了，言谈举止完全恢复了正常。想到终于可以和这个黄脸婆离婚了，钱老板乐得在梦里都笑醒了好几回。

这天，阿峰被请进钱府，在接受了钱老板丰厚的奖赏和老板娘真诚的道谢后，他正要离去，却被老板娘叫住了。

老板娘认真地问阿峰："你那还有乌龟吗？"

阿峰觉得挺诧异："你要乌龟是……"

老板娘指指钱老板，说："你给他送一只来，让他跟着乌龟学学耐性，好准备和我打离婚官司啊。哼，我倒要看看，他和乌龟谁的耐性长？"

听到老板娘这句话，钱老板"扑通"一声瘫坐在了地上。

（孙秀利）

（题图：谢　颖）

真正的杀手

　　哈里森是个职业杀手,最近在电话里接到一宗大买卖,雇主名叫布莱特,是马上就要进行州长竞选的候选人之一。布莱特开出二百万美元的价格,要哈里森去刺杀自己的竞争对手卡罗斯。

　　可卡罗斯也不是任人摆弄的家伙,他平时防备森严,还雇了好几个保镖,与自己寸步不离。不过哈里森还是通过各种渠道打听到,卡罗斯在郊外有一栋别墅,里面养着他的情人。金屋藏娇成了卡罗斯的致命弱点,哈里森当机立断准备就从这里下手。

　　经过一番细致的观察,哈里森制定了一个周密的行动计划。

　　星期六的晚上,卡罗斯照例去别墅和情人幽会,哈里森就悄悄埋伏在别墅附近的一个隐蔽处,通过红外线望远镜把别墅里的一切看得清清楚楚。当他确认卡罗斯正和情人在床上亲热时，便果断地打开手提箱，把放在里面的一把狙击枪拿了出来。

可让哈里森万万没有料到的是，就在他拿了枪再次举起红外线望远镜向卧室看时，卡罗斯不见了。哈里森心里好不沮丧，可是没办法，他只好耐心等着。

大约等了五分钟，哈里森看到卡罗斯突然出现在了卧室的窗帘旁，心里顿时激动不已，立即扣下了扳机。只听"噗"一声轻响，别墅卧室里的卡罗斯身子一挺，两只手抓住窗帘一阵挣扎，之后就整个人连同窗帘一起倒在了地上。哈里森终于松了一口气，于是收起枪，把它放回手提箱，然后准备离开。

这时候，那个正躺在床上的卡罗斯的情人大概是发现卡罗斯出了状况，立刻惊恐地扑上来。当清清楚楚地看到这张女人脸的时候，哈里森愣住了：卡罗斯的情人，竟是自己刚认识不久的女友维尼。此时，哈里森真是又妒又恼，恨不得再补一枪，把这个贱女人也一块儿崩了。但转念一想：维尼也是个职业杀手，何不让她来当自己的替罪羊呢？

哈里森于是便拿起手提箱迅速撤离现场。回到住处后，他立即给布莱特打电话，可是没人接，想到任务已经完成，二百万美元马上就能到手，他心里美滋滋的，一头倒在床上，不知不觉就睡着了。

第二天一早，哈里森还在熟睡中，突然被一阵急促的电话铃声吵醒。他拎起话筒一听，是布莱特打来的，布莱特在电话那头怒气冲冲地说："蠢货，你杀死的不是卡罗斯，是他的替身。你打草惊蛇，坏了老子的大事！"

哈里森如遭雷击一般：什么，替身？难道是我看走眼了？这怎么可能呢？

布莱特在电话那头恶狠狠地说："你要不信，就自己去看。哼，这事儿得按道上的规矩办！"

哈里森怎么也不相信自己当时会看走眼，便立刻去调查，没想正如布莱特所说，他昨天打死的确实是卡罗斯的替身，而真正的卡罗斯果然毫发无损地活着。哈里森意识到自己这回犯下了入道以来从来没有过的错，即使不死，以后也别再想在这个道上混了。作为职业杀手，哈里森第一次把枪口对准了自己。

可恰恰就在这个时候，只听门"砰"一声响，维尼闯了进来。

维尼看见哈里森这副模样，惊恐道："你……你要自杀？"

看到眼前这个女人，哈里森真是气不打一处来，他朝维尼破口大骂："你这个婊子，居然还有脸来见我？说，你和卡罗斯是什么关系？"

维尼莫名其妙地瞪着哈里森："你这是什么意思？我听不懂你在说什么。亲爱的，你一定是误会了，我跟卡罗斯一点关系也没有……对了，有一件事情我还没有来得及告诉你，不久前卡罗斯雇我去绑架布莱特，现在布莱特已经被他打死了。"

哈里森一听维尼这话，更加火冒三丈，他把枪口一转对准了维尼，说："你这个骚货，都到这种时候了，还想来骗我？什么卡罗斯打死了布莱特，哼，我不想听你狡辩。"

哈里森情绪十分激动，一边说一边就扣动了扳机，维尼只"啊"了一声，就立刻应声倒地。随后，哈里森掉转枪口，对准自己的太阳穴也开了一枪。

血泊中的维尼这时候还在地上喘息，她似乎并不甘心就这么死去，拼命挣扎着从口袋里掏出一张照片，对哈里森说："你看，布莱特真的……死了！我是按卡罗斯要求做的……我把布莱特带到……别墅，装作勾引他，卡罗斯说，他会派……派另外一个人藏在附近，找机会干掉布莱特的……所以……所以布莱特其实是被……被卡罗斯雇的那个杀手打死的。"

哈里森虽然倒在地上，可脑子还十分清醒，一听布莱特是在别墅里被打死的，心里一个"咯噔"。他挣扎着朝维尼爬去，拿过照片一看,只见布莱特倒在血泊中,两只手却紧紧抓着窗帘。

天哪,那天卡罗斯倒下去的时候,不也两只手抓着窗帘吗?

哈里森盯着维尼问:"难道我那天打死的是布莱特?可明明第二天布莱特还打电话给我过啊?"

哈里森话音刚落,维尼毫无血色的脸上突然浮现出讥讽的神情:"看来,我们全中了卡罗斯的诡计了……请你杀卡罗斯的人,其实就是卡罗斯自己,他骗了你,结果不但让你杀了布莱特和我,而且还杀死了你自己……哈哈……好一个杀手啊……"维尼说到这里头一歪,没了气息。

出二百万美元让自己去杀卡罗斯的人,竟然就是卡罗斯自己?难道打电话给自己的会是布莱特的替身,而且还是卡罗斯雇的?哈里森死也不肯相信。

哈里森拼尽全力爬到电话机旁,再次拨通了布莱特的电话。

只听电话那头传来洋洋得意的笑声:"现在你知道我就是卡罗斯了吧!你还没有死啊?刚才我听到枪响了两声,还以为你见鬼去了呢!哈哈,你还有什么不明白的,就到阴间去问吧,布莱特和维尼在那儿等着你,相信他们一定会给你一个满意答复的。哈哈……"

哈里森实在忍受不了卡罗斯的这副得意样子,他急火攻心,一口气没上来,临死时两只眼睛瞪得大大的。

至于后来的州长竞选结果,相信不说大家也猜得到,自然是卡罗斯当选。事情的真相就如维尼所说:哈里森不算真正的杀手,卡罗斯只不过是利用他玩弄了一个小小的阴谋,既除去了竞选对手布莱特,又让哈里森和知情人维尼同归于尽,还不花一分钱。真是一箭三雕啊!

所以,要说真正的杀手,卡罗斯才是。

(陈慧海)

(题图:箭　中)

谁 主 沉 浮

在险象环生、命悬一线却又扑朔
迷离的危境中,谁能主宰最终的结局?

割喉之谜

　　红石镇的人都喜欢到剃头师傅谭岗的铺子里来剃头,不但是因为冲着他手艺好,收费便宜,而且碰巧的话,还可以看到他那手谭家绝活"耍剃刀":你在剃头的时候若有苍蝇、蚊子飞过,谭岗只要一剃刀过去,它们立刻被腰斩两截。

　　后来镇上来了日本人,听说他们的司令"一尺七寸"也有一手飞刀斩蝇的绝活,不过这个一尺七寸用的不是剃头刀,而是他们的"武士刀"。

　　这天,一尺七寸硬要和谭岗比试飞刀绝技,谭岗根本不把一尺七寸放在眼里,比了三回,足足比一尺七寸多斩了三倍蝇子。

　　一尺七寸为了显示自己的大度,竖起拇指对谭岗说:"你的,飞刀大大的好,以后我们皇军的剃头,你的大大的包了的!"

谭岗先是一愣,而后又想:这样的活儿为什么不接? 点点头,就接下了。

镇上人都骂谭岗是汉奸,从此就都不到他铺里来剃头了,谭岗的生意一下子冷清下来。

可是不久,人们就发现镇上出了怪事儿:那些日本兵,有的正在街上巡逻,走着走着,突然就倒地死了;有的正在饭馆里吃饭,吃着吃着,突然就趴在桌上不动了;有的正在妓院里寻欢作乐,突然就瘫在那里一命呜呼了……他们的死法都一样:喉咙被割断,但没有一丝血迹。

日军兵营里一时风声鹤唳,日本兵都躲在据点炮楼里不敢出来,就是出来了,也是成群结队,而且脖子上都围着铁皮,以防不测。一尺七寸下令,一定要揭开这个神秘的割喉之谜,他派了大批便衣特务下去,可是明察暗访一个多月,什么结果也没有。

最后,一尺七寸下令把谭岗抓起来。

谭岗对一尺七寸说:"是你叫我来给你们理发的,你怎么能凭我手里有把剃刀,就说这事儿是我干的呢?"

一尺七寸气急败坏地嚷着:"你这个王八蛋,不是你还会是谁? 你还装蒜!"

谭岗冷笑道:"好啊,你们自己中了人家的金蝉脱壳计,还要拿我来顶缸? 告诉你,那个真正的割喉人早跑啦!"

一尺七寸不相信,命令立刻搜查谭岗的剃头铺和他随身带的剃头箱子,可是除了那几件普通的剃头工具之外,什么可疑的东西也没有。

谭岗说:"我说你们抓错了人,你还不信。其实,要抓那个割喉人也不难,我明天就可以带你们去,我知道他藏在什么地方。"

"真的?"一尺七寸将信将疑。

谭岗点点头:"男子汉大丈夫,说话算话!"

"那好!"一尺七寸大喜过望,"姓谭的,你的如果抓到的,功劳大大的有,花姑娘的你的大大地挑!"

"好,那就这样说定了,我现在得先回去了。"谭岗说罢,顺手就飞快地在一尺七寸和周围一群日本兵的脖子上抹了一下。

在场的人顿时脸色就变了,这才知道上了谭岗的当。

一尺七寸狂吼道:"快,快给我毙了他!"

立刻就有人拔出手枪朝谭岗射去,只见中弹倒地之前,谭岗把右手指伸进了自己嘴里。

那个朝谭岗开枪的日本兵赶紧冲过去,从谭岗嘴里拔出右手指,一看,奇怪,什么都没有啊? 可是他转过身来再看周围人时,凡是刚才被谭岗抹过脖子的,此刻都已经一个个先后倒地身亡,他们的喉咙都被割断了,割痕要比那些先前死在大街上、饭馆里和妓院内的人深得多,但也都没有一丝血迹。

日本鬼子永远不会知道,奥妙其实就在谭岗的右手指上。谭岗割喉用的是他摸索多年的断喉指甲刀,这种刀片薄小而锋利,并用一种名叫"断喉"的毒药淬过火,被断喉者当时毫无感觉,不疼不痒不流血,但过后伤口马上就会自动裂开,变深变宽,直到喉断为止。

谭岗把断喉刀片做成指甲状,天衣无缝地套在无名指的指甲上,平时因为割得浅,被割者都不是马上发作,所以日本兵根本想不到究竟是怎么回事。今天,谭岗做好了与他们同归于尽的打算,所以一刀下去,立刻就结束了这些狗日的命。

中弹倒地的时候,谭岗果断地把刀片嚼碎,吞进了肚里,看到一尺七寸那张痛苦挣扎的脸,他笑着闭上了眼睛……

日本鬼子投降后,红石镇的人特地为谭岗修了一座墓,墓碑很简单,形状像一枚指甲,但是上面什么字也没有写。因为,要写的字刻在他们心中!

（梁柱生）

（**题图**:张　恢）

非常跟踪

郑大命原本是个小包工头儿，这几年凭着胆大心黑脸皮厚，黑白两道拉帮结伙，发了财不说，居然还当上了县里的建委主任。常言说："吃惯了嘴，走顺了腿。"郑大命有钱有权，加上周围一些捧臭脚抬轿子的家伙胡吹乱捧瞎起哄，他便不知自己有几斤几两了。

眼下，郑大命正上蹿下跳四处活动，搞手段套关系拉选票，准备在本届人代会上竞选副县长。可让他胸闷的是，这段时间他突然发觉自己被人盯了梢，真是又气又恼又心惊，于是喝酒赌钱泡桑拿都不敢去，就更别说偷偷去会小情人了。

郑大命觉得，在这节骨眼儿上有人给自己捣乱，绝不是什么好兆头，但他也不敢轻举妄动，生怕自己真有什么把柄落在对方手中。想来想去，他把自己手下一个叫"猴子"的叫来，吩咐说："你抓紧去查查，是哪个不怕死的兔崽子胆大包天，居然敢来找老子的麻烦。不过现在是竞选非常阶段，这事儿你千万不能让其他人知道，免得把事情搞砸。"

"你放心，大哥，要是抓住这家伙，我当场做了他。"猴子平时做事心狠手辣，是郑大命的心腹。

可是郑大命听了却朝他一挥手，训斥道："不许胡来，做事不能不看火候！你查到了，先把他带回来，问明白再说。"

猴子办事果然利落，当天晚上就把那个跟踪者用麻袋装了回来。

郑大命一看那人白面书生的模样，心里不由松了一口气：这是谁啊，怎么办事也不找个得力的，弄这么个书生，能有什么用？

那人开始还和郑大命讲大道理，说什么绑架是犯罪，差点没把郑大命笑呛着，后来猴子一个耳光扇过去，又把刀子往他脖子上一架，那书生立刻就蔫了，吓得倒在地上，身子直抖。

郑大命问他："你叫什么名字？是干什么的？"

那书生战战兢兢地回答说："赵军，我叫赵军，我没……没职业。"

"说，你为什么跟踪我？"

"跟踪？我……我没跟……"

"什么？"猴子力吼一声，手稍稍一用力。

赵军立刻尖叫起来："跟了，跟了。"

"说，是谁指使你来的？"郑大命嘴上问着，心里却在暗笑：果然是个草包！

赵军这会儿是不敢说假话了，他带着哭腔道："是一个写文章的人，是他……他叫我跟的。他常在报刊上发文章，笔名叫什么……'准星'，对了，就叫准星！"

"准星？"郑大命一愣：不可能吧？这准星前不久还帮自己写

过一篇吹嘘文章。可看看眼前这小子，又不像是在瞎说。

郑大命朝他两眼一瞪："那你老实说，他让你跟踪我，到底想干什么？"

赵军又是一阵支支吾吾。

猴子在一旁急了，比划着要剁他的头，他这才说："如今写纪实稿儿很吃香，可就是缺少亮眼的素材。准星说，根据社会上的议论，加上他的判断，你应该快玩完了，他想用你垮台事件写一篇重磅文章，借此机会出名带赚钱。所以，他才让我帮他收集你的材料，打算先把稿子写成型，到时候就可以抢先拿出去发表。"

"胡说！"郑大命气得脸色铁青，大吼一声，"绝对不可能，谁不知道上次宣传我的那篇文章，就是他写的？"

"这我也知道，可准星说，那叫人工栽植摇钱树，阳面阴面都挂果，吹时有收益，垮时收益更大，因为抬得越高，掉下来越响，红人落马反差大，才更有轰动效应，更有新闻价值。他还说，这先前精心培育的成果如果让别人抢了去，他可就白费心血亏大了。"

郑大命一听赵军这话，惊呆了。他万万没有想到，自己一辈子算计别人，到头来竟被一个写手给算计了。

（李清林）

（题图：安玉民）

蛇显爪

　　蛇沟村以当地山沟里栖息的蛇多而得名,村子里有一个身怀绝技的捕蛇能手,人送外号"蛇见愁"。蛇见愁年方四十,其貌不扬,但捕蛇技术一流,有人形容说,他捕蛇简直就像是在沙滩上捡鱼一样方便。

　　近几年,城里人吃腻了鸡鸭鱼肉,开始喜欢上吃蛇肉、喝蛇汤了,城里的蛇价因此一路飙升,一条米把长的乌梢蛇或王锦蛇,就能卖四五十元,毒蛇价格更高,至少能卖到百元以上。这可乐坏了蛇见愁,他于是一门心思做起了捕蛇专业户,不到两年时间就盖起了楼房,那日子过得可真叫滋润。

　　蛇见愁天天进城给大酒楼送货,时间一长,他看上大酒楼的雪小姐了。那个雪小姐俊得就跟《白蛇传》里的白蛇娘娘似的,每次蛇见愁到大酒楼送货，雪小姐就一个劲儿"蛇大哥、蛇大哥"地叫，那张甜甜的嘴，把蛇见愁的骨头都叫酥了。

这天中午，蛇见愁吃过午饭正躺在床上休息，突然手机响了，是雪小姐打来的："蛇大哥，我们老板明天有贵客来，人家点名要吃你抓的毒蛇。我可是在老板面前立下军令状的，你要弄不来，那我可就惨啦！"

蛇见愁接了雪小姐的电话，眉头不由皱紧了。为啥？昨天村支书专门找他谈话，向他宣传《野生动物保护法》，意思就是要保护生态平衡，禁止任何人抓蛇捕蛇、贩运蛇类和其他野生动物。说实话，蛇见愁也的确想过金盆洗手，一是这一带的蛇差不多已经被他捕尽杀绝，二是干这行毕竟危险。他记得师傅当年曾经告诫过他，说蛇是世上最有灵性的动物，不可滥捕滥杀，否则会遭遇群蛇的报复。可一想起雪小姐那甜甜的声音，蛇见愁就坐不住了，他抓起平时装蛇用的牛皮袋子奔出了门。

时值五月，太阳火辣辣的，晒得人脊背生疼，蛇见愁从西沟转到东沟，别说毒蛇，就连一条半寸长的小蛇都看不见。正在沮丧之时，突然他眼前一亮，看到不远处的水潭里，有一条一米多长的银环蛇往潭面上一蹿。这种毒蛇平时在村里很少见，真是老天有眼，这下可以给雪小姐一个交代了，蛇见愁立刻悄悄朝滩边靠过去。

这时候，银环蛇好像已经发现了敌情，只见它在水潭中蜿蜒游动，急速向一边的田埂石缝中逃去。蛇见愁知道，蛇一旦钻入石缝，就算你有天大的本事也拿它没辙，他当即三步两步奔上去，想抢先一步截住它。哪知银环蛇行动奇快，忽闪一下钻进田埂，身子顺势一转，瞬间就只剩下后面的蛇尾还留在外面。

蛇见愁大喝一声："我看你往哪儿逃！"他扑上去，一把抓住银环蛇的蛇尾，使出浑身吃奶的力气，想将它往外拔出来。

可是，就在双手抓住蛇尾的一刹那，蛇见愁忽然意识到自己今天犯下了捕蛇的大忌。因为他想起师傅告诉过他,蛇身腹部的鳞片都可以翘起,就像坦克的履带一样,它一旦遭突袭,就会将翘起的鳞片履带紧紧地扣住对方,一般很难让它后退半步。以前师傅捕蛇时,总要先抢占有利位置,然后再与蛇较量,否则,宁愿放生也不会去惹它。

不过今天情况特殊啊,是雪小姐交办的事,再难也得上了。蛇见愁咬紧牙关,猛提了口气,随后十指如钳,双臂青筋根根暴起,抓着蛇尾使劲往外猛拉狠扯,直扯得那蛇的尾巴"啪啪"作响,犹如伤筋断骨一般。

但响归响,却丝毫不见效果,蛇见愁反而感觉田埂石缝里好像有一个巨大的磁场,在拼命把银环蛇往里吸,好像蛇见愁不是在和一条蛇较劲,而是像在和一支队伍进行一场势均力敌的拔河比赛,双方都寸步不让地对峙着。

蛇见愁急了,都说蛇最会寻仇,今天要是让它跑了,那以后自己必遭群蛇攻击,怎么了得? 一想到这里,蛇见愁猛抬起一只脚,蹬在田埂的石头上,直起腰板,身体向后猛仰,手借腿力,腿借身力,死命往后猛拉。只听得石缝里犹如电光火石般"哧啦啦"一阵爆响,之后,蛇身慢慢开始被拖出来了。

蛇见愁一见大喜:有门! 银环蛇快撑不住了。

可就在这时候,蛇见愁忽然看见了一个非常奇特的现象:这条银环蛇的蛇尾处伸出了一个硕大的爪子,那爪子像鸡爪一样分着叉,每个爪子的顶端还长着一片小指甲。

蛇见愁立刻大惊失色,身上的汗毛根根倒立起来。早就听人说过,蛇是龙的化身,蛇一旦长脚就是成精了。难道今天自己碰上的是一条蛇精不成? 如果真是这样,自己今后的小命岂不难保?

蛇见愁想把银环蛇放了,可再想想,事情已经到了这个地步,即使放了它,仇也结下了,还不如一抓到底。

　　主意打定，蛇见愁就全身运气，随着"唦啦啦"一阵爆响，整条银环蛇的蛇身就像被绞车拉直了的钢丝绳一样，被蛇见愁从石缝里拉了出来。紧接着，蛇见愁使出"云响手"的捕杀绝招，抓起银环蛇上下左右"呼呼"抢了两大圈，而后往地上一甩，只听得"劈啪"两声响，银环蛇全身筋骨断裂，躺在地上一动也不动了。

　　此时，蛇见愁浑身的汗水齐刷刷地顺着毛孔直往外涌，也说不清这是热汗还是冷汗，反正他感觉自己的胳膊好像脱了臼，两条腿好像少了筋骨，"扑通"一声就瘫倒在了地上。

　　好长时间，蛇见愁才缓过气来，他站起身，用脚踢踢已经死去的银环蛇，想找到那个蛇爪子。可奇怪的是，无论怎么翻找，却始终没有找到。

　　奇怪啊，蛇爪子会到哪里去了呢？蛇见愁相信自己不会看错眼，可为什么就是找不见呢？难道是它自己把爪子给变没了？真要这样的话怎么办，它以后会不会还来找我报仇啊？

　　蛇见愁越想越玄乎，越想越害怕，一步从地上跳起来，就跌跌撞撞地赶紧往家里逃。到家以后，蛇见愁大病了一场，从此，村里人再没见他捕过蛇。

　　　　　　　　　　　　　　　（李如有）

　　（题图：安玉民）

我是黑社会

今年年初,唐凯去哈尔滨出差,办完公事后,他走进街边一个电话亭,给昔日的战友大彬打电话。

在来哈尔滨之前,唐凯曾给大彬打过电话,得知大彬现在混得很不错,做了大老板,可不知为什么,此刻大彬电话那头老占线。唐凯正想着该怎么办时,无意中一瞥眼,发现旁边书报亭里豁然摆着一本《我是黑社会》,那不是同事们在办公室里议论过的那本书吗?据说外面现在对它褒贬不一,说什么的都有,唐凯立刻掏钱买了一本,坐在街中心的花坛边看起来,一边看,一边打发时间。

大约两小时后,大彬的电话终于打通了!下午三点钟,唐凯和大彬阔别五年多的两双手终于握在了一起。

大彬开着他自家的轿车,把唐凯带去了市中心一家豪华的酒店,唐凯一看这气派,正想叫大彬不必这么客气,谁知大彬却告诉唐凯,这酒楼就是他开的。而且走进包间,唐凯发现大彬已经把在哈尔滨的战友都叫来了。战友们相见,自然是狂呼拥抱,说"男儿有泪不轻弹",那是没看见过战友相聚的人写的话。

多年没见,如今碰在一起,大家依然和当年在部队一样,互相掏心掏肺地倾诉自己这些年的经历和遭遇的挫折,还唱起在部队时唱的歌,气氛十分热烈,又多少带点儿悲壮的意味。唐凯不善喝酒,这种场合下竟也豪饮了几大杯。

可谁知,就在大伙儿酒酣耳热之际,大堂里有伙客人竟与服务员发生了争执,那伙人显然是酒精过量,居然把桌子都掀翻了。唐凯和战友们闻知,连忙跟着大彬从包间里奔出来,大彬忙不迭地给客人们赔礼道歉,可那伙人却一直不依不饶。

唐凯向服务员问原委,这才知道原来是服务员刚才在上菜时,不小心踩到了那位客人的脚。唐凯见这个服务员长得很瘦削,而被踩的那位却是个彪形大汉,这不明摆着他这是找茬吗?唐凯心里很替这个服务员叫屈,谁没有失误的时候啊,怎么就不能容忍一点呢?

唐凯正这么想的时候,那个彪形大汉却越来越不像话了,这时候居然当众脱下脚上的袜子,说要让踩他脚的服务员给揉一百下。唐凯再也压不住心中的怒火,他实在看不下去了,猛地抄起身边桌上一个空酒瓶子,朝那个彪形大汉喝一声:"他妈的,你们是哪里来的混子,竟敢到这儿来欺负人?也不瞧瞧这里是谁的地盘!"他一边说,一边举起手里的酒瓶子就朝那大汉头上砸去。

算这家伙幸运,他动作还算敏捷,加上唐凯这时候其实酒力上涌,眼睛看出去已经有些花了,手里的酒瓶子只砸在汉子的肩膀上。

那汉子立刻反过手来,一把拽住唐凯,指着他的鼻子大骂道:"你小子想干吗?哼,看我不叫人废了你!"

唐凯当然不示弱,嗓门比汉子还响:"你想废了老子?那好,你先到火葬场去打听打听,问问跟我唐凯过不去的人,现在日子好不好过!"

这话其实并不是唐凯的发明,而是唐凯从先前书报亭里买的那本小说里看来的,那是小说中一个黑社会老大说的话,现在唐凯竟把它"活学活用"过来了。然而,令唐凯没有想到的是,他这话一出口,那汉子脸上就有些怵,跟他一起来的那几个也突然有些缩手缩脚起来,随后,那汉子一边嘴里嘀嘀咕咕着:"算你狠,咱走着瞧!"一边就带着那几个兄弟走出了饭店。

撵走了这几个家伙,唐凯满以为自己的英勇表现会受到战友们的赞扬,可他万没想到,大彬这时候已经急得满头大汗,嘴里还连声叫着:"完了!完了!"

一位战友扯着唐凯的衣角,小声说:"就你逞能!你知道他们是些什么人?告诉你吧,他们是这一带有名的黑社会,用不上两个小时,他们准会找上门来,看你怎么收场。"

唐凯听战友这么一说,看到大彬这么着急的样子,这才意识到自己闯祸了。

大彬对唐凯说:"凯子,你赶紧打车走吧!"

唐凯这时候脑子很清醒,他摇摇头说:"这不行,人是我打的,要杀要剐得由我顶着。"

这时,酒店里的大厨给大彬出主意说:"老板,你别着急,不是都说'花钱能消灾'吗?一会儿他们要真来人了,你就拿二千块出来,说不定能把他们给打发走呢!"

可是大彬却哭丧着脸说:"二千块能把这些家伙打发得了么?你也太天真了!"

正在大家议论纷纷的时候,站在门口的一个服务员尖叫起来:"妈呀,他们真来了!"

来的还是那几个人,打头的还是那个大汉,唐凯顿时酒醒了不少,一看他们没带救兵,就猜想肯定兜里带着家伙。事情到了这个份上,唐凯也开始紧张了,心里就有点发虚,腿肚子也有些发颤,但毕竟事情是自己闹大的,人也是自己打的,自己不往前冲,还让谁往前冲呢? 想到这里,唐凯向前走了两步,壮起胆子大喊一声:"怎么,你们还想干吗?"

可接下来,事情的发展却大大出乎大伙儿的预料。

那个大汉向唐凯一抱拳,手里还攥着几张百元大钞,开口道:"大哥,不知你是哪个山头的? 刚才小弟在这里多喝了几杯,实在不该掀桌子。这是五百块钱,算是刚才的饭钱,剩下的就算是给老板赔偿损失吧。小弟今天就算是跟大哥'不打不相识',今后还指望大哥在这地儿上多多关照小弟呀!"说完,他把钱往唐凯手里一塞,随后就领着那几个人转身走了,一边走,一边还拼命擦头上的汗。

原来,这几个真把唐凯当成了黑社会。可他们不知道,其实这时候唐凯自己已经吓得两条腿都软了。

（陶柏军）

（题图:杨宏富）

与歹徒过招

　　大青山脚下有个叫周白柴的老汉，承包了村里的一口水塘养鱼。因为水塘比较偏僻，离村有好几里远，周老汉嫌来来去去麻烦，就在水塘旁边搭了个小屋住下来。

　　这天，周老汉正在小屋门口修补渔网，村支书田大嘴来了。田大嘴手里拿了一张通缉令，他是特地来告诉周老汉的，说有一个持枪的抢劫杀人犯，可能已流窜到这一带，公安正在全力搜捕。

　　田大嘴对周老汉说："你一个人住这儿，说不定哪天就碰到这歹徒了，所以我特意把通缉令拿来给你看看。这家伙若是真来了，你得立刻向公安报告。你要能亲手把他逮住，公安还会奖你五万块。老周，五万块哪，抵得上你养好多年鱼啊！"

周老汉一听，从田大嘴手里抓过通缉令一看，苦着脸说："你看照片，这家伙膀阔腰圆，我一个老头子哪能抓得住他，何况他手里还有枪呢！"

"说的也是啊！"田大嘴说，"歹徒要真来了，这里只有你一个人，的确很危险。这样吧，干脆这几天你回村里去，等抓到歹徒了再回来。"

可周老汉却又挺犹豫。为啥？他丢不下这里满塘的鱼虾啊！万一歹徒没来，而因为没人看管丢了鱼虾，自己一年的辛苦可就白费了。

思来想去，周老汉心一横，决定不回去。

但不回去不能不防备，得想几招出来，到时候可以治治歹徒啊。周老汉苦思冥想，办法终于来了！

第一招：握鱼叉在手。歹徒要来，一般会选在晚上，周老汉有一条护鱼塘的狗，很机警，叫黑儿，只要有陌生人靠近，它就会死命叫着扑上去，再加上周老汉手里的鱼叉，够歹徒吃一壶的。

如果黑儿没发现歹徒呢？第二招周老汉也想好了：在小屋外的窗下挖个一人多深的坑，上面盖上马粪纸，再在马粪纸上撒一层细土作伪装。歹徒来的话，肯定要到窗前察看屋里动静，这样就会掉进坑里，成为瓮中之鳖。

至于第三招，周老汉认为歹徒如果来，十有八九是为了找吃的，他决定把自己吃的安眠药碾碎了全掺和进去，蒸上几个白馍，放在灶旁，屋门也故意不关紧。歹徒若是进来，他只要把白馍吃了，就迈不出这屋。到时候只要用绳子一绑，把他往公安那儿一送，五万块钱不就到手了？

周老汉越想越兴奋，于是立刻就动手准备起来。

当晚，周老汉真就一夜不合眼，怀里抱着鱼叉，等着歹徒上门，可却一点动静都没有。第二天，周老汉又是一夜不合眼，可还是平安无事。到第三天晚上，周老汉挺不住了，天还没黑呢，他已经瞌睡得两眼迷迷糊糊了,吃罢晚饭,头一靠上枕头,立刻就"呼呼"进入了梦乡。

可谁想就在这天夜里,动静来了!

周老汉睡得正香,突然被一阵响动惊醒。"谁?"他一声喊,同时翻身点亮油灯,就见一个满脸污垢的汉子站在他面前。周老汉想拿鱼叉,来不及了,鱼叉被那汉子一把抢去,甩到了墙角。

周老汉壮起胆子问:"你……你是什么人?怎么跑到我屋里来了?"

那汉子其实才进屋,因为屋里漆黑一团,他不小心碰翻板凳,这才弄出了动静。现在借着点亮的油灯,他见屋里就一个老汉,心放了下来。

他朝周老汉笑笑,说:"老同志,你别怕,我是地质勘探队的,到大青山来勘探,不想迷了路。我已经一天没吃东西了,进屋来就是想找点吃的,刚才看你睡得熟,不想叫醒你。真不好意思,惊扰你了。"

周老汉一边听汉子说,一边仔细打量着他,越看越认准了对方:什么地质勘探队的,分明就是通缉令照片上的那个家伙啊!可周老汉心里奇怪:这家伙都进屋了,我那黑儿怎么一声不叫?难道已经被他弄死了?还有,这家伙进屋前怎么就没先到窗前看?唉,那坑也白挖了。

现在怎么办?剩下的一招,就是给这家伙吃白馍了。

周老汉于是对歹徒说:"你一天没吃东西,那还不饿得慌?别急,我这就给你弄去。说真的,今天算你运气,你不知道,咱这山里的野猪可凶呢,你若是碰上,早丢命了!"

歹徒一听,吓得立马变了脸色。

周老汉一看,心中不由暗暗得意:就是要吓死你这个狗日的!哈,你乖乖等着吧,待会儿吃了白馍,我就把你捆了送公安去。

可让周老汉吃惊的是,当他来到灶前一看,头"嗡"一声大了。为啥?白馍不见了。他作声不得,只好悄悄四下找,这才发现黑儿正一动不动地躺在角落里。怪不得!掺了安眠药的白馍原来是被黑儿偷吃了。

周老汉此时真是苦不堪言:黑儿啊黑儿,你怎么这么馋嘴呢?面对这个凶悍的歹徒,我现在该怎么办?

就在这时,从门外传来一阵"踢踢踏踏"的脚步声。周老汉要去开门,歹徒一把跳过来拉住他,压低嗓门说:"听着,不准开门!不准说话!"然后就"噗"一下把油灯里的火苗给吹灭了。

周老汉吓得心里"怦怦"直跳,他发现歹徒这时候把手放进了口袋,他断定那口袋里一定有枪。

那么来人到底是谁呢?原来是村支书田大嘴。田大嘴这两天也一直没睡好,他心里放不下周老汉呀,他觉得歹徒要是流窜过来,最有可能就是上周老汉那儿。一个老汉,能斗过凶残的歹徒?他夜里睡不着,这会儿干脆翻身下床,过来看看。

刚才走在路上,田大嘴远远地就看到周老汉的小屋里亮着灯,他挺疑惑:这么晚了,周老汉干吗还不睡?可走近时,屋里的灯突然又灭了。田大嘴毕竟是支书,警惕性很高,他心里一个"咯噔",立刻放慢了脚步。

这时候,四周静得出奇,田大嘴决定先到窗前看看,听听屋里的动静。这下可好,他刚靠近上去,"扑通"一声人就掉进了周老汉挖的那个一人多高的坑里。

歹徒很紧张,拉开门冲出来看,周老汉也跟在后面。

田大嘴呢,却误以为先开门出来的是周老汉,忍不住破口大骂:"你这个老王八蛋!你挖个坑想跌死我啊?"

一听田大嘴这么大声嚷嚷,周老汉急了,怕他把歹徒激怒,于是拿起放在窗下的一根扁担就朝坑里砸,一边砸一边嘴里狠狠地骂:"老子就是要挖个坑跌死你!跌死你!"

歹徒疑惑地问周老汉："这人是谁？你和他有什么深仇大恨？"

周老汉假装气呼呼的样子，把手里的扁担猛地往坑里一砸，说："这家伙是村里有名的小心眼，他总怀疑我和他老婆有一腿，动不动夜里就上我这儿来捉什么奸。哼，他坏我名声，你说我能不生气？我特地在窗下挖个坑，就是要跌死他！"

歹徒听了大笑起来："这还不简单？你先给我弄吃的，等我吃饱有了力气，就帮你往坑里填土，把这家伙埋了！"

周老汉听得真是心惊肉跳：天啦，这歹徒有多狠毒！

没办法，周老汉虽然心里一万个不情愿，但还得去给歹徒和面烙饼。不过，他两只手虽然在忙活，两只眼睛却一直盯着歹徒，脑子里不停地转啊转，就想用个什么办法把歹徒制服。

突然，周老汉看到歹徒从他的床头拿起一张纸来，他的心一下就提到了嗓子眼：那是田大嘴特地带来给他看的那张通缉令啊，要是让歹徒发现，我这条老命不就完了？情急之中，周老汉根本来不及多想，立刻把手往滚烫的锅里一伸，疼得"妈呀"一声大叫起来。

歹徒以为出了什么事，扔了手里的纸就惊慌地奔过来："怎么回事？出什么事了？"

周老汉哭丧着脸，把手往歹徒跟前一伸，说："不小心，把手给烫了！"

歹徒见周老汉的手果然又红又肿，阴阴地笑笑，说："老同志，你忍一忍，过一会就不会疼了！"其实他心里的话是：哼，等我吃饱了，再好好来收拾你！

为了不让歹徒再去看那张通缉令，周老汉就使劲儿找话题和歹徒搭讪，一直到把饼烙好，端上桌，又殷勤地用抹布把桌子和凳子擦了一遍又一遍。

歹徒这时候早饿坏了，见到香喷喷的饼眼睛都发绿了，坐下来就狠命地狼吞虎咽。可他根本没想到,周老汉为啥这么起劲地一遍遍擦桌凳?他是在悄悄地把一管用来补盆的胶水擦在上面。

不一会儿,周老汉估计胶水已经能够发挥作用了,就装作不经意的样子,去灶前把刚才和面剩下的粉端来,趁歹徒抬头的刹那间迎面泼了过去,一下就把他一双眼睛给迷糊住了。歹徒气急败坏,可想站又站不起来,因为他的屁股已经被牢牢黏在凳子上了。

周老汉见状拔腿就往屋外跑,没想匆忙中碰翻了放在桌上的油灯,灯油泼在歹徒衣服上,一下烧起来。歹徒慌了,"哇哇"惨叫着,两只手胡乱地扑打,哪还有工夫去掏口袋里的枪?

周老汉趁机打开屋门往外冲,可刚出门,身上就被结结实实挨了一下。

"天啦,怎么是你老周?"动手的是田大嘴,田大嘴见一棍子打到的竟是周老汉,大吃一惊,忙把他拖到一边。

田大嘴刚才不是已经跌进窗下那个坑里,还挨了周老汉一扁担吗?其实啊,周老汉那一扁担是做给歹徒看的。田大嘴是什么人哪?周老汉朝他一砸扁担,他马上就知道是怎么回事了,立刻就假装在坑里昏死过去,等周老汉把歹徒带进屋后,他就悄悄顺着周老汉丢进坑里的扁担爬上来,然后操着扁担守在小屋门口,想等着狠狠给歹徒一下子,没想现在冲出屋来的竟是周老汉……

田大嘴这一扁担可把周老汉打得不轻,周老汉躺在地上,"哎哟哎哟"站都站不起来。田大嘴吓坏了,周老汉眉眼一转,低声对田大嘴说:"快,你快把门口墙上挂的渔网拿来,我们俩各牵一头守在门口,等会儿那家伙出来,我们只要两头一拉,就能把他网住。"

田大嘴一听,这主意不错,立刻动手。

再说屋里那歹徒，最后是挣掉裤子，脱了着火的衣服，赤裸着身子，狂叫着从屋里逃出来的。慌乱之中他哪里还顾得上看外面的动静，所以刚奔出门，周老汉和田大嘴两边一用力，他就被绊进渔网，摔了个狗啃泥。他还没反应过来呢，周老汉和田大嘴就扑上来，周老汉此时也顾不上疼了，动作比田大嘴还快，两个人用渔网将歹徒捆了个结结实实。

几乎就在同时，只听"轰"一声，一定是歹徒着火的衣服引燃的，小屋顶上蹿起一股火苗，小屋起火了！周老汉急得大叫一声："黑儿！"发疯般的踮着脚就往屋里冲，硬是把黑儿从灶角落里抱了出来。

田大嘴要冲进去抢周老汉的渔具，周老汉死死拉住他不让。田大嘴朝周老汉一瞪眼，说："抢出一点是一点，要不，你那些家什就全没了！"

周老汉却朝他摆摆手："烧就烧了呗，你不是说抓了歹徒政府要奖我五万块吗？我何必为了这点玩意儿让你去冒险？"

田大嘴这下明白过来，笑道："我说老周，你别高兴得太早！你用扁担把我的头砸了个大包，不得赔我医药费？还有，你骂我是小心眼，编排我老婆，还得赔我精神损失费！"

周老汉立刻朝田大嘴当胸擂一拳："什么赔这个费、那个费的？我给你一扁担，你刚才在门口不也给了我一扁担？咱俩这是扯平了！嘿，要是我当时脑子不转得快，不编排你老婆，那歹徒早送你上西天了。嘻嘻，你谢我都来不及，还好意思要我赔你什么损失费？"

两人一边互相打趣，一边开怀大笑，朗朗的笑声响彻夜空……

（钱　岩）

（**题图**:谢　颖）

神奇的嗅觉

　　有一家名叫美莎的公司,专门从事香水的研制及生产,公司里有个叫乔瑞克的小伙子,他是半个月前公司扩大生产规模时应聘进来的,被安排在流水线上工作。

　　这天,乔瑞克正紧张地在流水线上忙着,忽然闻到一股味儿,他抽抽鼻子,对旁边的同事汤米说:"咦,怎么有股怪味?汤米,你小子是不是有狐臭?这味儿难闻死了!"

　　汤米一听,立刻跳起来嚷道:"瞎说,我才没狐臭呢!再说了,车间里飘着这么浓的香水味,你怎么还闻得出其他味儿来?"

　　两人正说着话呢,只听"哼"一声,公司老板福雷蒙不知什么时候来了,正站在他俩背后。福雷蒙两只眼睛狠狠瞪着乔瑞克,脸色难看极了,然后一句话也没说就走了。

汤米夸张地大叫起来："乔瑞克,你小子这下惨了! 你看见老板刚才的脸色了吗? 准是他有狐臭,你竟然当众揭他的伤疤……"

当天下午,福雷蒙的秘书玛琳小姐通知乔瑞克,说福雷蒙叫他去一趟。乔瑞克猜测自己准要被开除了,心里很沮丧。

可谁知,当乔瑞克忐忑不安地走进福雷蒙办公室后,福雷蒙竟笑眯眯地问他："乔瑞克,你的鼻子真有这么灵? 不瞒你说,我确实有狐臭,但已经做了手术,连医生都说手术很成功,你居然还能闻得出?"

乔瑞克诚惶诚恐地说："福雷蒙先生,我的鼻子从小就灵,对气味特别敏感。"他生怕福雷蒙不相信,又说,"我还从你身上闻到另外一种气味,好像……我闻着,好像是玛琳小姐身……"

乔瑞克话还没说完呢,福雷蒙的脸就沉了下来。乔瑞克这才意识到自己又说了不该说的话了,他心想:坏了,我这人怎么老是乱开口,净揭人家的短呢?

可没想只片刻工夫,福雷蒙的脸上重又露出了笑脸,他对乔瑞克说："好样的,小伙子,今后你不要再在流水线上干了,到化验室上班去,我给你高薪。你有这么灵敏的嗅觉,以后公司研制新产品,就用不着再买什么仪器了。"

乔瑞克简直不敢相信自己的耳朵："让我去化验室?"

福雷蒙朝他点点头,叮嘱道:"但是你必须记住,化验室里的一切都是公司最高机密,许多事情,让你怎么做你就怎么做。只做别问,这一点一定要做到!"说罢,他便带乔瑞克去化验室。

一踏进门,乔瑞克就看到化验台上摆满了仪器,穿白大褂的化验人员正在有条不紊地进行操作,化验台的一角还放着许多玻璃瓶子,里面装着一罐罐白色的粉末。

乔瑞克好奇地拿起一瓶闻闻,不由惊叫起来:"福雷蒙先生,这……这里面好像有海洛因?"

福雷蒙的脸上毫无表情,两只眼睛不知在看什么地方,嘴里却在提醒乔瑞克:"我不是告诉过你吗?你只管干你自己的活,别的什么也不要问。只要你好好干,到时候我不会亏待你的。"

乔瑞克心里顿时一个"咯噔":原来公司打着生产香水的幌子,暗地里却在生产毒品呢!既然已经知道了公司的秘密,而且自己也已经加入进来,那就别想洗脱干系,只有为他们卖力了。

福雷蒙仿佛看透了乔瑞克的心事,站在一旁偷偷地笑了。

福雷蒙调乔瑞克去化验室这着棋,果真走对了!自从乔瑞克进了化验室,靠着他神奇的嗅觉,很快就提炼生产出了一批高纯度的海洛因,比以前借助仪器化验的效率高多了,所以福雷蒙对乔瑞克非常满意。

这天,乔瑞克一个人在宿舍里,忽然嗅出门外有人,他警觉地喝道:"谁?"只见汤米笑嘻嘻地走进来,说是福雷蒙让他去一趟。福雷蒙是让乔瑞克陪他去与一位客户接头,福雷蒙交代乔瑞克说,这次是要和客户进行交易,所以要特别谨慎。

乔瑞克跟着福雷蒙来到一家名叫"夜玫瑰"的酒吧,进入包厢,早有一个胖子等在那里了。双方坐定后,彼此寒暄了一阵,正准备切入正题,乔瑞克忽然抽抽鼻子,嗅嗅四周,紧张地叫起来:"不好,外面有一股杀气。"

双方一听都愣了:"什么杀气?"

乔瑞克说:"我闻到一股弹药味儿,可能是警察过来了。"

对方那个胖子笑了:"小老弟,我们这次是秘密行动,并没有透露过什么消息。再说了,就算是警察来,凭你这个鼻子也不可能闻出来的啊!嘻,我看你别疑神疑鬼了!"说着,他就站起身来,走到窗前去看。

可谁想这一看不打紧,胖子的脸色立刻变了:"糟了,真有警察,已经将夜玫瑰包围了。"

包厢里的空气顿时就紧张到了极点,因为谁都知道,贩卖毒品可不是闹着玩的!

可谁知就在这个时候,福雷蒙却"扑哧"一声笑出来:"放心吧,我们都是守法良民,让他们来搜好了。"

果然,警察进来搜了一阵,却什么也没有发现。

警察走后,乔瑞克疑惑地问:"这是怎么回事?"

福雷蒙笑道:"乔瑞克,我们只是想考验考验你。"

"考验我什么? 我不知道你在说什么?"乔瑞克不解。

福雷蒙看着乔瑞克,解释道:"做我们这一行,最怕有警方卧底。我开始还怀疑你是他们派来的,不过经过刚才的考验,我放心了,你表现非常出色,太好了! 现在,我代表公司欢迎你正式加入我们这一行!"

说完,福雷蒙端起桌上早准备好了的酒杯,说:"来,乔瑞克,我敬你一杯! 这酒叫红丁玛瑙,只有这家酒吧才有,你尝一口,味道棒极了。来,干杯!"

这次事件之后,正像福雷蒙自己说的,他对乔瑞克彻底放下心来,而且他还很看重乔瑞克,到哪儿都带着他。

不久之后的一天,福雷蒙嘱咐乔瑞克立刻准备一下,马上跟他到郊外跑一趟,有笔大买卖要谈。路上,福雷蒙还给了乔瑞克一个密码箱和一把手枪,叮嘱说这次是同一个毒品供货商见面,因为交易数额很大,所以到时候万一情况有变,一定要乔瑞克见机行事,机灵点儿。

车子开到郊外时,对方几个彪形大汉已经在一棵大树下等着了。福雷蒙和乔瑞克下车,对方一个满脸刀疤的大汉走上来,傲慢地问道:"你们钱带来了没有?"

福雷蒙指指手里的密码箱,反问他:"你们的货呢?"

"刀疤脸"立刻就拎出个旅行箱来,朝福雷蒙努努嘴。

福雷蒙正要将密码箱递过去和对方交换,乔瑞克"忽"地抢先一步拦住了他:"等等,福雷蒙先生,他们这货可能有问题。"他使劲抽抽鼻子,说,"这箱子里装的,全部是假货?"

刀疤脸狠狠地朝乔瑞克一瞪眼:"臭小子,你凭什么说我这是假货?"

乔瑞克丝毫不怯:"就凭我这鼻子! 你敢不敢把箱子打开,当场让我们验货?"

刀疤脸愣了愣,但立刻就换上了一副笑脸,伸出拇指夸乔瑞克说:"好样的,你小子这只鼻子,比狗都灵啊!"说罢,他朝旁边一个汉子使了个眼色,那汉子立刻从身后又拎出一个旅行箱来。

乔瑞克抽鼻子一闻,这才朝福雷蒙点点头。

可是,就在双方要交换彼此手里箱子的时候,突然从树林里冲出几条黑影来,朝他们大声喝道:"不许动,我们是警察!"

刀疤脸一伙知道自己一旦被抓肯定没有好下场,与其坐以待毙,不如拼个死活,所以就狠命和警察打斗起来。趁着这当儿,福雷蒙车也不要了,拉上乔瑞克悄悄躲进了树林。

福雷蒙埋怨乔瑞克说:"你刚才怎么就没闻出警察味儿来?"

谁知乔瑞克竟冷冷地回答他说:"福雷蒙先生,你也别再费力了。"

福雷蒙愣住了:"你这是什么意思?"

只见乔瑞克"忽"地举起福雷蒙给他的那把枪,把乌黑的枪口对准了福雷蒙。

福雷蒙惊呆了,咆哮道:"乔瑞克,你疯了吗? 我是你老板……啊,我明白了,你是警察?"

乔瑞克讥讽道:"福雷蒙先生,你猜错了,我不是警察。但是我可以告诉你,就因为你们公司制造的毒品害得我家破人亡,所以我一定要报这个仇! 我到你们公司来,就是要抓住你们制毒的证据,将你这个恶棍送进监狱,那里才是你该去的地方!"

可是,似乎已经成了瓮中之鳖的福雷蒙,这时却朝乔瑞克狞笑道:"小子,我也可以告诉你! 上次在夜玫瑰酒吧,怎么偏偏那么巧就有警察上门来了？所以从那时起，我实际上就对你留了一个心眼。我把你留在公司，只不过是利用你的嗅觉而已，没想你这么快就露出了尾巴。嘿嘿，你别忘了，这把枪是我给你的，你以为里面会有子弹？哼！"

这只老狐狸！福雷蒙对乔瑞克的猜疑不是没有道理，为什么当时那么巧就有警察找上门来，就是因为乔瑞克事先已经偷偷报了警。只是后来他到酒吧一闻，才发觉狡猾的福雷蒙根本就没把货带去，于是只好假戏真做提前说警察来了，没想正因为如此，反是被福雷蒙怀疑上了。

乔瑞克惊呆了，福雷蒙趁他愣神之际，赶紧夺路而逃。乔瑞克下意识地扣动扳机，枪里果真没有子弹，等到这时候拔脚再追，哪里还有福雷蒙的影子。后来听说刀疤脸一伙已被抓获，乔瑞克懊恼得直拍自己脑门，怪自己太大意，竟让福雷蒙跑了。

回到家里，电话铃响了，乔瑞克拿起一听，电话那头声音真够响的："你小子给我听着，你坏了我的大事，总有一天，我福雷蒙会要了你的命！"

一听对方是福雷蒙，乔瑞克赶紧答话："你小子也给我听着，你别太神气了，十分钟之后我一定会抓住你，送你上断头台的！"

"哈哈哈！"福雷蒙在电话那头狂笑着，"十分钟？你别傻了，就是给你十天，你也未必能找得到我！"

可神奇的是，十分钟后，乔瑞克果真就在夜玫瑰酒吧的包厢里找到了福雷蒙，一个女人正在陪着他喝酒。看到突然从天而降的乔瑞克，福雷蒙惊得张大了嘴巴。

就在乔瑞克把手里那把枪再一次对准福雷蒙的时候，不料一个硬邦邦的家伙却突然顶住了乔瑞克的腰："别动！"

乔瑞克不用回头也知道，这个硬邦邦的家伙是一把枪！听声音，这个拿枪顶着自己的人，就是公司同事汤米。

福雷蒙一看救兵来了，不禁放下心来，指指乔瑞克手里的枪对汤米说:"别紧张,他枪里没有子弹。"

乔瑞克却冷笑道:"福雷蒙先生,你为什么不问问,汤米手里的枪有没有子弹?"

汤米一听乔瑞克这么对福雷蒙说,猛一怔,下意识地立刻扣动扳机,果真没有动静。

乔瑞克对汤米说:"我早就怀疑你是福雷蒙派来监视我的,所以就悄悄把你枪里的子弹卸下了。"

他转问福雷蒙:"现在你还敢说我这枪里没有子弹吗?要不,我马上试试?"

汤米和福雷蒙立刻吓得浑身发抖。

汤米哭丧着脸问乔瑞克:"你怎么就怀疑上我的?"

乔瑞克笑了:"你身上有一股和福雷蒙身上一样的臭味,那是从你们腐烂了的良心里发出来的,真没想到,你为了金钱竟然与福雷蒙同流合污。你们等着吧,警察马上就会来,这次还是我报的警,你们跑不了啦,你们最终一定会受到法律的严惩。"

果真,乔瑞克话音刚落,一群警察冲了进来,把福雷蒙和汤米铐上了。

福雷蒙可不甘心了,他气恨恨地看着乔瑞克,说:"哼,乔瑞克,你这小子!你怎么就知道我在这儿的呢?"

乔瑞克咧嘴笑道:"福雷蒙先生,这还得感谢你呀!要知道,我不但鼻子灵敏,耳朵也特别好使,你打电话给我的时候,我立刻从电话里听出只有这个酒吧才放的音乐。哈,再说了,你不是特别喜欢喝这里的红丁玛瑙酒吗?在郊外受了这么大的惊吓,你怎会不来这里压压惊呢?"

福雷蒙一听,彻底蔫了。

(王升卫)

(题图:佐　夫)